사티쉬 선생, 최고인생을 말하다

사티쉬선생, 최고인생을 말하다

이 시대 젊은이들의 희망을
묻고 답한 일주일 동안의 기록!

쓰지 신이치 지음 ㅣ 김경인 옮김

달팽이출판

EIKOKU SCHUMACHER KO SATISH SENSEI NO SAIKO NO

JINSEI WO TSUKURU JUGYO

© Shinichi Tsuji 2013

All right reserved.

Orignal Japanese edition published by KODANSHA LTD.

Korean translation rights arranged with KODANSHA LTD.

through TONY INTERNATIONAL

프롤로그 인생을 풍요롭게 하는 시간

사티쉬 쿠마르를 처음 만난 지 어느덧 14년이 흘렀다. 1999년 교토에서 열렸던 'G21'이라는 회의에서 처음 그를 만났다. G21은 바야흐로 시작하려는 21세기를 고민하는 외국의 젊은이들을 중심으로 한 모임이었는데, 사티쉬는 거기 초대된 강사 중 한 사람이었다.

무엇보다 내 마음을 움직이게 했던 것은 그의 강렬한 존재감이다. 아니, 나뿐만이 아니었다. 그 자리에 있었던 모두가 그의 존재에 매료된 듯했다. 카리스마란 바로 이를 두고 하는 말일 것이다.

그의 이야기 역시 무엇과도 비교할 수 없는 매력으로 가득했다. 청중이 그의 이야기에 깊숙이 빠져들고 있음을 알 수 있었다. 질문자를 지그시 바라보는 예리한 눈빛은 동시에 상냥함으로 부드럽게 빛나고 있었다. 심각한 이야기를 할 때도 그의 말에는 항상 유머와 위트가 넘쳤다.

그의 매력은 풍부한 인생경험에서 나오는 것일까?

사티쉬는 1936년 인도의 라자스탄 주에 있는 슈리 둔갈가르라는 마을에서 태어났다. 아홉 살에 자이나교의 수행승이 되었고 열여덟 살에 환속. 이윽고 2년 반에 걸쳐 핵보유국인 4개국을 도보로 돌며 핵무기 근절을 호소하는 평화순례를 감행했다.

1973년부터 『작은 것이 아름답다Small is Beautiful』의 저자로 유명한 E.F. 슈마허와의 만남을 계기로 영국에 거주하게 된다. 그 뒤 영어권을 대표하는 에콜로지 잡지인 『소생Resurgence』의 편집장을 하면서 환경운동과 평화운동에 참여했고, 지금은 세계적인 사상가로 많은 사람의 사랑을 받고 있다.

사티쉬는 나에게 선생님이면서 정신적 구루(스승)이기도 한 존재다. 그렇다고 그의 앞에서 주눅 들거나 조심스러워할 필요는 전혀 없다. 그는 나를 친구라 부르고 또 자신을 내 친구라고 생각한다.

나뿐만이 아니다. 그를 아는 사람은 누구나 친근감을 담아 '사티쉬'라고 퍼스트네임으로 그를 부른다. 그 역시 누구에게나 친구처럼 대한다.

그런 그의 이야기를 들으면 들을수록 사는 것이 편안해진다고 많은 사람들은 말한다. 그의 가르침이 그대로 영양분이 되어 인생을 풍요롭게 해준다는 것을 실감할 수 있다. 아니, 이야기를 듣지 않아도, 그저 그와 함께 있는 것만으로도 마음이 들뜬다. 사티쉬 쿠마르는 바로 그런 사람이다.

이 책은 내가 일하고 있는 대학의 학생 18명을 데리고 영국으로 건너가 사티쉬와 함께 일주일을 보냈을 때의 기록이다. 장소는 데본 주

토트네스라는 마을 외곽에 있는 슈마허 대학이다.

이 대학은 사티쉬가 동료들과 함께 1991년에 설립한 학교다. 이번 여행은 '교외실습'이라는 명목의 연구회 수업의 일환이었다. 벌써 20년 가까이 교외실습을 해오고 있지만, 이번 여행에는 특별한 의미가 있었다.

지금까지도 교외실습을 이용해 우리 연구회는 외국의 여러 곳을 방문해왔다. 에콰도르, 코스타리카, 멕시코, 미얀마, 부탄, 인도, 태국, 캐나다 등. 평범한 여행으로는 좀처럼 가기 힘든 곳에서 하는 독특한 경험을 먼저 생각했다. 원주민을 찾아가 풍부한 자연이 사회와 문화에 얼마나 밀접하게 연결되어 있는지 배우고, 또 변경에서는 사람들이 개발의 물결에 농락당하면서도 새로운 길을 개척해 나가는 모습을 보고 들었다.

그에 비하면 이번 여행지는 누구나 가볍게 갈 수 있는 선진국 영국이다. 내가 지도하는 연구회 성향을 고려할 때 적잖이 뜻밖이라는 느낌이 드는 곳이다. 하지만 그곳에는 사티쉬가 있고 슈마허 대학이 있다. 제 아무리 풍부한 경험도 '그'와 '그곳'에서 침식을 함께하는 나날에는 비할 바 못 되리라는 확신이 있었다.

무엇보다 학생들을 사티쉬와 만나게 해주고 싶었다. 그들을 슈마허 대학에 데려가고 싶었다. 그리고 사티쉬의 이야기를 들려주고 싶었다. 그때까지 내가 사티쉬에게 받았던 감동을, 어쩌면 나보다 더 필요로 하고 있을 젊은이들과 나누고 싶었다.

그것을 위한 조건이 2010년 마침내 갖춰졌다. 9월 3일부터 시작하는 2주 동안의 실습기간 중 일주일을 슈마허 대학에서 '단기유학' 형태로 사티쉬를 비롯한 강사진들과 공동생활을 하며 그들이 특별히 마련해준 프로그램에 참가하게 되었다.

성과는 기대를 훨씬 넘어섰다. 학생들이 입을 모아 말한 것처럼 그 것은 분명 그들 한 사람 한 사람의 인생을 바꿔놓았다.

이 책은 그 일주일 동안 사티쉬와 학생들의 만남을 가능한 한 있는 그대로 재현했다. 자연과 마주하는 방법, 돈의 의미, 어떤 직업을 가 져야 할 것인가 등에 대한 이야기부터 행복, 부모와 자식 관계, 그리고 죽음에 이르기까지 인생의 주요한 주제들이 끊임없이 등장한다. 눈 을 빛내며 사티쉬의 이야기에 빠져드는 젊은이들 모습이 지금도 어제 일처럼 눈에 선하다.

이 책을 읽고 당신도 부디 사티쉬와의 시간을 공유할 수 있기 바란 다. 그 일주일이 학생들의 인생을 바꿔놓은 것처럼 당신의 인생도 지 금보다 더 즐겁고 풍요로워질 것이다. 나는 그렇게 되리라 믿는다.

차례

첫째 날 사티쉬의 삶과 슈마허 대학

사티쉬와 작은학교

사티쉬는 영국에 두 개의 학교를 세웠다. 하나는 '작은학교 Small School'라는 중학교. 또 하나가 어른을 위한 '슈마허 대학'으로 바로 이번 연구회 여행의 목적지다.

작은학교를 세우기 전까지 사티쉬가 살던 작은 시골마을인 하틀랜드에는 중학교가 없었다. 그곳 아이들은 1시간이나 걸리는 옆 마을 학교에 다니고 있었다. 게다가 그 학교는 규모가 너무 커서 학생들 개개인의 성격과 학습정도를 세심하게 생각할 수가 없었다. 마침 사티쉬 아이들이 중학교에 진학해야 했을 때 사티쉬는 마을사람들에게 제안하여 중학교를 만들었는데 그것이 작은학교였다.

이름처럼 정말 작은 학교로 학생은 고작해야 수십 명. 하지만 '작은 Small'이라는 말은 단순히 규모를 뜻하지 않는다. 사티쉬의 친구인 영국 경제학자 E. F. 슈마허의 저서 『작은 것이 아름답다Small is beautiful』에서 '작은 것은 위대하다'는 사상을 이어받아 지은 이름이다. 수업내용의 절반은 국가 교육방침에 따르지만, 나머지는 의식주를 중심으로 한 생활에 따르는 실용적인 배움이거나 자연환경과 전통문화 등 지역에서 비롯된 교육을 한다.

단순히 지식을 주입하지 않고 학생 한 명 한 명이 잠재적 능력을 발휘하고, 마음이 부자인 인생을 살려면 필요한 것들을 몸소 터득하도록 한다. 지역의 어른들도 수업에 협력하는데, 그런 뜻에서 학교는 아이들뿐 아니라 지역공동체의 연대감을 키우는 곳이기도 하다.

이 작은학교의 바탕이 된 사티쉬의 교육이념 중에 'E=4H'라는 공식이 있다. E는 교육을 의미하는 Education의 E, 네 가지 H는 Head(머리), Heart(마음), Hand(손), Home(가정). 이들 네 가지 균형을 전제로 한 것이 바로 작은학교이다.

이를 본보기로 하여 지금은 세계 각국에 비슷한 학교가 세워지고 있다. 현대 교육이 얼마나 머리Head에만 편중되어 있는지 생각하게 한다. 그리고 슈마허 대학은 E. F. 슈마허의 이름을 따온 만큼 당연히 슈마허 사상을 이어받고 있다. 사티쉬 역시 구루(스승)로 섬기는 마하트마 간디의 정신을 현대에 계승하고자 노력하고 있다.

간디가 "지금의 문명은 문명이라 할 만한 가치가 없다"고 말했던 현대문명은 폭주에 폭주를 거듭하다 급기야 인류를 벼랑 끝까지 몰아붙이고 말았다. 이러한 인식 위에 슈마허 대학에서는 현대문명을 대신할 지속가능한 사회 만들기에 필요한 지혜로운 사람들을 초빙하여 세계 곳곳에서 모여든 학생들에게 집중강의나 세미나를 하고 있다

수업은 석사과정 1년과 3주 정도의 단기간 프로그램으로 나뉜다.

석사과정은 세계 유일의 '전체성 과학(holistic science)' 등 네 가지 과정이 있으며, 석사취득이 가능한 정규대학원이다.

'전체성 과학'을 한 마디로 정의하기는 어렵지만, 지금까지 과학적 전문성 때문에 '부분화'되었던 세계관에서, 세계를 다양한 연관성을 지닌 '총체'로 인식하는 세계관으로의 전환을 지향하는 새로운 학문이라 할 수 있다.

이곳에서도 E=4H의 교육방침을 적용하고 있다.

슈마허 대학의 모든 프로그램의 목적은 학생들이 교실에서 얻은 지식과 이론을 넘어 실제 행동과 경험에서 배우도록 하는 것. 그러므로 보통 하는 강의와 더불어 필드워크, 과외활동, 공동체 활동 등이 중요한 요소가 된다.

슈마허 대학은 학생, 강사, 스태프로 이루어진다. 일종의 공동체라고 보면 되는데, 모두가 예외 없이 청소, 요리, 원예 등 일상생활의 기반이 되는 활동에 참여한다. 가르치는 사람 따로 있고 배우는 사람 따로 있는 것이 아니라 모든 사람이 공동생활을 하면서 배움을 함께하는 형식이다.

짧은 시간이지만, 연구회 학생들에게 일본의 대학에서는 얻을 수 없는 이런 형식의 배움이 틀림없이 귀중한 경험이 되리라 믿었다.

사전 합의 과정에서 사티쉬는 이 일주일 동안 특별 프로그램을 '전체성 과학입문'이라 부르자고 제안해왔다. 우리에겐 생소한 새로운 학문분야를 일주일이라는 짧은 기간에 배운다는 것은 결코 쉬운 일이 아니다. 아무리 '입문'이라 해도 학생들에게는 적잖은 부담이

슈마허 대학의 중심 건물

> 66
>
> 슈마허 대학의 모든 프로그램의 목적은 학생들이 교실에서 얻은 지
> 식과 이론을 넘어 실제 행동과 경험에서 배우도록 하는 것. 그러므로
> 보통 하는 강의와 더불어 필드워크, 과외활동, 공동체 활동 등이 중요
> 한 요소가 된다.
>
> 99

될 것은 뻔했다. 그래도 걱정은 하지 않았다. 무엇보다 중요한 것은 사티쉬와 함께 슈마허 대학 생활을 경험한다는 거니까.

그것이 '사티쉬 입문'이 될 수 있다면 결국엔 '전체성 과학입문'이 될 것이 틀림없다고 믿었다. 어쨌든 'Holistic=전체성'이라는 말은 일주일 머무는 기간 중의 키워드였다.

이 책에서도 이 말이 종종 등장하는데, 그 말의 의미는 사티쉬의 가르침을 통해 독자 여러분도 조금씩 이해하게 될 것이다.

영국으로 출발하기 전까지 학생들은 이미 연구회에서 책을 읽어 사티쉬의 가르침을 접했다. 하지만 실제로 만나고 안 만나고의 차이는 어마어마하다. 나를 한순간에 매료시킨 그의 독특한 존재감을 학생들도 느끼고, 교실에서뿐만 아니라 일상생활 속에서 사티쉬라는 존재를 만나기를 바랐다.

나리타를 출발한 우리가 런던 히드로 공항에 도착한 것은 2010년 9월 3일 밤. 이튿날인 4일은 런던 시내를 산책하고 드디어 5일, 슈마허 대학을 향해 출발했다.

그로부터 일주일이 학생들의 인생에 무엇을 선사할 것인가? 생각만 해도 나는 흥분을 감출 수 없었다.

1만 3천 킬로미터의 장대한 여행

런던의 파딘튼 역에서 슈마허 대학이 있는 토트네스를 향해 급행열차는 서쪽으로 서쪽으로 달렸다. 놀랍게도 몇 명 학생은 사티쉬의 책을 꺼내 읽고 있었다.

몇 년 전 이 학생들이 아직 입학하지 않았을 때, 일본을 방문 중이던 사티쉬를 우리 대학에 초청하여 강연을 부탁했을 때의 일이 떠올랐다. 그는 300명 정도 되는 젊은이들에게 반세기도 전에 걸어서 세계를 여행한 이야기를 들려주었다.

　…… 사티쉬는 어느 날, 친구와 함께 카페에서 신문을 보고 있었다. 거기에는 아흔 살이 넘은 버트런트 러셀이 핵무기와 군비확장경쟁에 반대하는 항의를 하던 중에 체포되어 투옥되었다는 기사가 실려 있었다.
　"아흔 살 노인이 이렇게 목숨을 걸고 행동하는데 20대 중반인 우리는 카페에서 대체 뭘 하고 있는가?"
　이런 이야기 끝에 사티쉬와 친구는 그 자리에서 결심했다고 한다.
　"평화를 위해 걷자." "우리 눈으로 세계를 보고 오자."
　목적지는 모스크바, 파리, 런던, 그리고 워싱턴 D.C. 이를테면 핵무기를 보유하고 있는 군사대국의 수도다. 그것은 1만 3000천 킬로미터, 2년 반에 걸친 장대한 여행이 되었다. 사티쉬는 당시의 심정을 이렇게 회상했다.
　"폭력 때문에 위기에 처해 있는 세계를 마냥 바라보고 있을 수만은 없었다. 나는 세상 사람들에게 이렇게 말하고 싶었다. 우리 함께 평화를 만들자. 평화는 단순히 나라와 나라의 관계만이 아니다. 인간과 인간, 그리고 인간과 자연의 관계이기도 하다. 이웃과의 평화를 지키지 못하는 사람에게, 토지와 숲과 동물들에게 폭력적인 사람에게 어떻게 세계의 평화를 기대할 수 있겠는가? 아니, 무엇보다 먼저 자기 자신에게 가하는 폭력을 멈춰야 한다. 지나치게 일하는 것도 역시 자학이다. 타인에게, 자연, 그리고 자기 자신에게 감사하는 마음을 잊어서는 안 된다.”

출발에 앞서 사티쉬는 정신적인 구루 비노바 바베(1895~1982, 인도의 독립운동가, 철학자)를 찾아갔다. 바베는 인도 건국의 아버지라고 불리는 마하트마 간디가 “나의 정신적 후계자는 그밖에 없다”고까지 말했던 인물이다. 그는 사티쉬와 친구의 세계평화순례는 찬성했지만 “주머니에 한 푼의 돈도 가져가지 마라”는 조건을 달았다. 사티쉬는 황당했다.

‘돈 없이 세계를 여행하라고? 먹을 것은 어떻게 하지? 목이 마르면 차도 한 잔 마셔야 할 텐데……’

그렇다고 이제 와서 물러설 수도 없는 일. 구루의 말씀에는 절대적인 힘이 있다. 사티쉬는 마련해 두었던 몇 푼 안 되는 돈마저도 두고 여행길에 나섰다. 하지만 시간이 지날수록 구루가 한 말씀의 참뜻을 절실히 깨닫게 되었다.

적국의 벗들

간디의 무덤 앞에서 시작한 여행은 약 한 달 후 인도와 파키스탄 국경에 닿았다. 두 나라는 과거에 세 번 전쟁을 경험한 원수지간이다. 종교도 다르다. 사티쉬가 걱정이 되어 국경까지 따라온 친구는 이렇게 말했다고 한다.

"사티쉬, 자네 머리가 어떻게 된 거 아닌가? 돈 한 푼 없이 파키스탄에 들어가다니 너무 위험해. 적국이 아닌가!"

그러면서 "정 그렇다면 이거라도 가져가게"라며 먹을 것이 든 보따리를 건네주었다. 하지만 사티쉬는 친구의 배려를 거절하며 이렇게 말했다.

"이건 받을 수 없네. 이 음식 보따리를 파키스탄에 가져가는 순간, 이것은 이제 음식이 아니라 한 보따리의 불신을 의미하게 될 걸세."

자신이 지금 가고자 하는 나라와 그곳에 살고 있는 사람들을 진심으로 신뢰한다면 돈이나 음식을 가져갈 필요는 없다. 돈이나 먹거리를 갖고 간다면 그 나라와 사람들을 불신한다는 표현과 다를 바 없다. 그것은 세계평화라는 여행의 목적을 배반하는 행위다. 이것이 바로 구루인 바베가 '돈을 가져가지 마라'고 했던 참뜻이었다. 친구는 먹을 것조차 거부하는 사티쉬를 안타깝게 여겼다.

"사티쉬, 이제 다시는 자네를 볼 수 없겠지. 자네는 살아 돌아올 수 없을 테니까."

눈물을 흘리며 끌어안는 친구에게 사티쉬는 이렇게 말했다.

"구루와의 약속대로 난 아무것도 없이 파키스탄에 갈 것이네. 만일 평화를 위해 죽게 된다면 그것은 '의미 있는 죽음'이 되겠지."

그런데 국경을 넘어 파키스탄에 들어갔을 때 생각지도 못한 일이 벌어졌다. 파키스탄 사람이 그의 이름을 부르며 달려오는 것이 아닌가. 이상하다, 파키스탄에 아는 사람이라곤 없는데……?

그 사람의 설명은 이랬다.

"신문에서 당신 이야기를 읽었어요. 당신은 평화를 위해 걷고 있다지요? 나도 평화를 믿어요. 파키스탄과 인도의 전쟁은 정말 무의미하고 헛된 일이에요."

인도의 친구한테 '적국에 발을 들여놓으려 한다'는 걱정을 들은 지 불과 5분도 안 되었건만, 그 '적국'의 사람은 사티쉬와 그의 친구를 자신의 집에 초대하고 식사까지 대접해주겠다고 했다.

사티쉬는, "나는 분명히 알 수 있었다. 만일 내가 이곳에 '인도인'으로 왔다면 '파키스탄인'을 만났을 것이며, '힌두교도'로 왔다면 '이슬람교도'를 만났을 것이 분명하다. 하지만 나는 순수한 한 인간으로 파키스탄을 찾아왔다. 그렇기 때문에 인간과 만날 수 있었다"고 말했다.

그런 마음으로 사티쉬와 친구는 걷기를 계속했다. 파키스탄에서 아프가니스탄으로. 아프가니스탄에서 이란으로. 아제르바이잔에서 그루지야, 그리고 모스크바로.

모스크바에서는 서쪽을 향해 폴란드, 벨기에 그리고 파리. 프랑스에서 영국, 영국에서 미국으로 가려고 바다를 건널 때는 친구들과 지원자들이 배표를 사주었다.

그렇게 사티쉬는 1만 3천킬로미터를 걸었다. 무일푼의 여행이었지만 마지막까지 걷고 또 걸었다. 여행의 마지막 지점은 미국의 수도인 워싱턴D.C. 간디와 마찬가지로 흉탄에 쓰러진 존 F. 케네디 대통령의 무덤이었다.

지구에 온 손님으로 살다

기나긴 여행을 마친 사티쉬는 인도로 돌아와 다시 구루인 비노바 바베를 찾아갔다.

"어서 오너라. 정말 잘 해냈구나. 그런데 돈 한 푼 없이 어떻게 세계를 걸을 수 있었단 말이냐?"

이렇게 물은 사람은 다른 사람도 아닌 그렇게 하라고 시킨 장본인이다. 사티쉬는 예의 태평스러운 미소를 지어보이며 대답했다.

"간단합니다. 어디를 가든 모두 저를 손님으로 맞아주었습니다."

그 말을 듣고 구루가 말했다.

"같은 의미에서 너는 이 지구에 온 손님이다. 그리고 손님에게는 손님으로서 지켜야 할 예의라는 것이 있다. 잘난 척하지 말 것. 가능한 한 대지에 작은 발자취만 남기도록 할 것. 그렇게 하면 주인인 지구는 너를 귀하게 대접할 것이다. 사티쉬여, 네가 이번 여행에서 배운 것은 이 지구에서 어떻게 살아야 하는가이다. 지구에 부담을 주지 않는 가벼움으로 간결하게 그리고 소박하게 사는 것. 그러면 많은 시간이 너에게 주어질 것이다. 그 풍부한 시간 동안 너는 명상도 할 수 있고 세상의 온갖 은혜를 누릴 수 있다. 이제 시간에 쫓기는 삶을 살 필요는 없다."

지구에 온 손님으로 사는 것……그것이 이후 사티쉬가 삶을 사는 방식이 되었다. 그리고 그가 전 세계 사람들에게 전해온 메시지 역시 바로 그것이 아니었을까.

돈은 단순한 수단일 뿐이다

기회가 있을 때마다 사티쉬는 젊은이들에게 여행을 권해왔다. 그리고 여행을 떠나는 데 필요한 것은 돈이 아니라 용기라고 그는 말한다. 일본에서 한 강연에서 사티쉬는 이렇게 말한 적이 있다.

"여러분은 통화라고 하면 돈을 떠올릴 겁니다. 하지만 세상을 살아가기 위해 필요한 통화는 바로 '용기'랍니다. 작은 용기만 있으면 모험을 할 수 있어요. 젊은 여러분은 꼭 여행을 떠나십시오. 모험을 하세요. 돈은 필요 없습니다. 작은 용기만 있으면 됩니다. 그것이 바로 젊음이라는 겁니다."

그는 여행에는 무한한 기회가 주어진다고 말한다. 돈이 없는데 배가 고프면 그것은 단식할 기회이고, 잠잘 곳이 없으면 별빛 아래서 잠잘 기회이다. 2년 반 동안 세계 도보여행에서 그가 터득한 사고방식이다.

평화의 메시지를 전하려고 돈 한 푼 없이 걷고 있다는 소문 때문에 가는 곳곳에서 수많은 사람들이 사티쉬를 만나려고 찾아왔다. 그리고 먹을 것과 잠잘 곳을 제공해주었다. 때로는 사티쉬와 함께 걷는 사람도 있었다.

사티쉬는 인생을 돌아보건대 돈이란 진정한 풍요로움을 뜻하진 않는다고 말한다. 경제를 최우선으로 하는 현대사회에서 돈 없이는 아무것도 할 수 없다고 믿지만 결코 그렇지 않다는 것이다.

"그렇다면 진정한 풍요로움이란 무엇인가? 그건 바로 사람들이 만들어가는 공동체이고 벗들이다. 그리고 깨끗한 물이고 아름다운 숲이다. 하지만 현대사회는 그와는 정반대 방향으로 가고 있다. 돈을 얻기 위해 강을 더럽히고 숲을 벌목하고 바다를 더럽히고 있다. 거짓된 풍요를 위해 참된 풍요를 파괴하고 있다. 공동체와 가정조차도 돈 때문에 파괴되어가고 있다. 모두 돈을 벌려고 너무 바빠서 가족과 이웃들이 서로를 소홀히 하고 있다. 인생을 즐길 여유마저 남아있지 않은 것 같다. 마치 돈의 노예가 되어버린 것처럼." 사티쉬는 또 말했다.

"하지만 돈은 단순한 수단일 뿐이지 살아가는데 필요불가결한 수단은 될 수 없다. 오히려 그것을 갖지 않으면 사람은 자유와 행복을 얻을 수 있다. 2년 반의 세계도보여행이 증명해주지 않았던가?"

공포는 결코 사랑을 낳을 수 없다

"하지만 여성이 돈 한 푼 없이 걸어서 세계를 여행하기란 어려운 일이 아닐까요?"

내가 사티쉬를 처음 만났던 'G21'이라는 회의에서 젊은 여성 두 명이 이렇게 물었다. 사티쉬는 시종 온화한 미소를 띤 채 "여성이라고 해서 절대 불리하지 않아요"라고 대답했다.

여성은 고유의 모성 덕분에 남성보다 본질적인 상냥함이 있다고 사티쉬는 말한다. 그리고 자신도 여성이고 싶을 때가 있다고 덧붙이기도 했다.

남성은 여성보다 신체적으로는 강해보이지만 사실 여성이야말로 진정한 의미의 강함이 있다고 말하면서 사티쉬가 예로 든 사람이 테레사 수녀였다.

테레사 수녀가 스물두 살 때, 캘커타의 어느 길가에서 죽어가는 한 노인을 만난다. 그 곁을 지키고 서있던 그녀는 지나가는 인력거를 세워 노인을 태웠다. '사람은 위엄 있게 죽어야 한다'고 말한 테레사 수녀는 노인을 가톨릭신자의 집으로 데려가 그곳에서 장례식을 치렀다고 한다.

그런데 뒤늦게 그 사실을 알게 된 교회는 격노하며 두 번 다시 그런 일을 하면 안 된다고 테레사 수녀를 나무랐다. 그녀는 반론했다.

"어떻게 죽어가는 사람 옆을 그냥 지나칠 수가 있단 말입니까?"

그렇게 하여 테레사 수녀는 교회에서 추방당한다. 이야말로 진정한 용기라고 말하는 사티쉬. 용기란 공포가 없는 상태, 공포에서 자유로운 상태를 말한다. 이 같은 진정한 의미의 용감한 사람들은 상냥하고 이타심이 충만하다.

한편, 사티쉬는 공포야말로 결코 사랑을 낳을 수 없다고 말한다. 질문을 한 두 여성에게 그는 친절하게 설명했다.

"우리는 가끔 공포를 동기 삼아 행동할 때가 있지요. 하지만 그때 우리는 잘못된 방향으로 이끌려가고 있는 것입니다."

질문한 여성들은 물론이고 거기 모인 모든 사람이 숨을 죽이고 사방은 고요해졌다. 사티쉬는 이야기를 계속했다.

"우리는 항상 이렇게 자문해야 합니다. '나는 무엇을 두려워하고 있는가?' 누군가가 자신을 비판하더라도 그것은 그 사람의 문제일 뿐입니다. 나는 나의 내면의 소리를 따라 살면 됩니다. 그것은 제멋대로 사는 것과는 다르지요. 어떤 사람은 그 내면의 소리를 신의 소리라고 할지도 모릅니다. 간디나 테레사 수녀처럼 말이지요. 나는 자이나교 승려였던 열여덟 살 때 내면의 소리를 들었습니다. 그리고 간디가 말한 '비폭력'과 '진실'을 세계 중심에서 실현하며 살 것을 결심했습니다."

가장 위대한 스승은 누구인가?

여성이야말로 진정한 강함이 있다고 믿는 사티쉬는 간혹 자신의 어머니를 예로 든다. 인도의 한 시골에서 나고 자랐고 읽고 쓰지도 못하는 어머니야말로 살아가는 데 정말 소중한 많은 것을 가르쳐주신 '위대한 스승'이라고 말한다.

어린 사티쉬는 어머니와 함께하는 시간이 무엇보다 즐거웠다. 특히 그녀가 농장과 집에서 궂은일을 하는 틈틈이 바느질을 하거나 수를 놓는 모습을 바라보는 것이 정말 좋았다고 한다. 언젠가 어머니는 긴 시간을 들여 숄을 하나 만들었는데, 사티쉬의 누나인 스라지에게 그것을 선물했다. 스라지는 너무 기뻐하며 말했다.

"너무 멋져요, 어머니! 부드럽고 산뜻하고. 더러워지면 안 되니까 안 입을래요. 음식이라도 흘리면 큰일이잖아요. 다른 사람들도 볼 수 있게 잘 보이는 벽에 걸어두겠어요."

이 말을 들은 어머니의 표정이 어두워졌다.

"숄은 어깨에 걸치는 거지 벽에 장식해두는 게 아니란다. 그건 너 쓰라고 만든 거야."

아름답다고 장식해둘 것이 아니라 아름다우니까 사용한다. 그리고 사용하니까 아름답다. 어머니는 아름답다와 유용하다는 동전의 양면과 같기 때문에 이 둘을 떼어놓고 생각할 수 없었다. 일상에서 사용하는 물건은 튼튼하고 오래 쓸 수 있어야 할 뿐더러 아름답지 않으면 안 되고, 아름다운 것은 그저 장식만 해서는 아무 의미도 없다. 사티쉬는 이렇게 회상했다.

"생각해보면 우리 집 벽에는 아무것도 걸려있지 않았다. 하지만 집에서 사용하는 것은 가구든 도구든 신발이든 하나같이 직접 손으로 만든 것이었고, 손때가 묻어있었고, 아름다웠다……"

진정한 예술가란?

어머니의 기분을 달래려고 스라지는 이렇게 덧붙여 말했다.

"어머니의 바느질은 너무너무 아름답지만 하나 만드는 데 반 년이나 일 년, 어떨 때는 그보다 시간이 더 오래 걸리잖아요. 요즘에는 같은 것을 눈 깜짝할 사이에 만들어버리는 성능 좋은 재봉틀이 있는 걸요. 제가 한번 알아볼까요?"

"왜지?" 어머니가 물으셨다.

"시간을 절약하기 위해서요."

그런 스라지를 어머니는 이런 말로 타이르셨다.

"시간이 부족하다고 생각하는 거니? 있잖니 스라지, 영원이라는 말을 들어본 적 있니? 신께서 시간을 만드실 때 부족함 없이 듬뿍 만드셨단다. 나에게 시간은 다 써서 없어지는 것이 아니라 언제나 찾아오는 거란다. 언제든 내일이 있고 다음 주가 있고 다음 달이 있고 또 내세도 있지. 그런데 서두를 필요가 뭐 있겠니?"

그래도 납득하지 못한 스라지는 이렇게 반론했다.

"그렇지만 편리한 것을 써서 수고도 덜고 시간도 절약하는 편이 낫지 않을까요? 그렇게 하면 다른 일을 더 많이 할 수 있을 테니까요."

이것이 세상에 만연해 있는 보통의 사고방식일 것이다. 하지만 사티쉬의 어머니는 달랐다.

"아무리 써도 없어지지 않는 시간이라는 것이 있는데, 그것만으로는 부족하다면서 쓰면 없어지는 것을 일부러 쓰겠다는 것처럼 보이는구나. 재봉틀은 금속으로 만들지만 세상에는 일정량의 금속밖에 존재하지 않아. 게다가 금속을 얻으려면 그것을 캐야만 한다. 기계를 만들려면 공장이 필요하고, 공장을 만들려면 더 많은 유한의 재료들이 필요하겠지. 재봉틀을 만들려고 금속을 캐러 땅속 깊숙이 들어가 힘든 일을 할 사람들이 또 많이 필요할 게다. 나 좀 편하자고 다른 사람을 힘들게 하고 싶진 않다."

자연파괴와 착취 같은 경제체계의 위험한 면을 사티쉬의 어머니는 잘 아셨던 것이다. 그제야 알아들은 스라지에게 어머니는 이런 이야기를 하셨다고 한다.

"엄마는 한 땀 한 땀 바느질을 할 때만큼 마음이 편안한 때는 없단다. 그런데 기계에 쫓기게 되면 그도 끝이지 않겠니? 게다가 기계가 있으면 일이 줄어들 거라는 건 왠지 거짓말 같구나. 지금은 일 년에 솔을 한두 장만 만들면 될 것을 재봉틀이 있으면 열 장은 더 만들려고 또 악착같이 일하게 되겠지. 그럼 전보다 천도 훨씬 많이 필요해질 테고 말이다. 시간을 절약할 수 있다지만 그 남은 시간에는 뭘 하지? 일하는 기쁨은 엄마에게 보물 같은 거란다."

일하는 기쁨이야말로 인생의 보물……그런 마음으로 일하는 사람을 진정한 예술가라고 할 수 있지 않을까. 꼭 그림을 그리고 조각을 해야만 예술가가 아니다. 시간과 수고를 들이지 않고 일하는 과정 그 자체에서 충족감을 찾는 것. 거기에 바로 '아트'의 본질이 있음을 사티쉬는 어머니에게서 배웠다.

사티쉬는 2009년 일본을 찾았을 때에도 이렇게 말했다.

"예술가라는 특별한 사람들이 있는 게 아니다. 모든 사람이 특별한 예술가다. 이렇게 말할 수도 있다, 원래 인생 그 자체가 예술이다."

지금까지도 나를 격려해주고 있는 사티쉬의 이 메시지를 연구회 학생들에게도 전해주고 싶었다. 물질적으로는 부족할 것이 없는 선진국 젊은이들 대부분이 사실은 열등감과 자기불신에 괴로워하고 있다.

자기 자신이야말로 인생이라는 독특한 행로의 둘도 없는 주인공이며 예술가라는 확신을 가질 수 있다면 무엇이 문제겠는가. 나머지는 어떻게든 될 것이다.

나눔의 장소

런던에서 열차를 타고 세 시간. 토트네스 역에 도착하자 런던과는 전혀 다른 상쾌하고 맑은 공기가 우리를 맞아주었다. 몇 대의 택시에 나눠 타고 시골풍의 집들과 전원 풍경을 바라보며 온화한 햇살 속을 달려 슈마허 대학이 있는 다팅턴이라는 마을에 도착했다.

현관 앞 광장에서 우리를 맞아준 사티쉬는 연한 하늘색 셔츠와 스밴드칼라의 인도풍 조끼차림이었다. 꾸밈없이 소박하지만 우아한 말씨와 행동. 그리고 항상 상냥한 미소를 머금고 있는 얼굴. 그 얼굴 어디에도 세계적인 명성을 얻은 사람한테서 나올 법한 위압감이나 가까이하기 어려운 엄숙함은 없었다.

학생들은 마치 친구를 만났을 때처럼 허물없이 그를 대하고 있었다. 학생들 한 사람 한 사람과 환영의 악수를 나눈 뒤 사티쉬는 이렇게 말했다.

"슈마허 대학에 오신 것을 환영합니다. 이곳은 다른 대학과는 조금 달라요. 사람들이 함께 배우고 서로를 키워주고 마음을 나누는 나눔의 장소입니다. 일종의 작은 공동체라고 생각해주세요. 여러분은 오늘부터 일주일 동안 이곳 슈마허 대학의 일원이며 가족입니다. 내 집이다 생각하고 마음 편히 즐기면서 배울 수 있기를 바랍니다."

각자의 방에 짐을 두고 나온 우리는 곧장 사티쉬와 대학 관리인인 윌리엄의 안내로 슈마허 대학의 모체라 할 수 있는 다팅턴 홀 재단의 부지 안을 산책했다.

이 재단은 자연경관과 역사적 건축물 보호를 비롯해 교육, 연구, 문화 활동을 지원하고 있다. 재단의 부지는 자연림과 초원과 개울에 둘러싸여있고 그 안에는 커다란 정원과 온갖 역사적 건축물들이 즐비해 있다. 그 전체가 재단이 관리하는 토지인데, 슈마허 대학은 수백 년 전의 석조건물 중 일부를 학교로 사용하고 있었다.

학생들이 깜짝 놀란 것은 주변의 풍부한 자연이다. 대학의 정원에는 높이 30미터가 넘는 밤나무가 있고 문 너머에는 목장이, 학교 뒤편

도착한 우리 일행을 환영해주는 사티쉬

"

이곳은 다른 대학과는 조금 달라요. 사람들이 함께 배우고 서로를 키워주고 마음을 나누는 나눔의 장소입니다. 일종의 작은 공동체라 고 생각해주세요. 여러분은 오늘부터 일주일 동안 이곳 슈마허 대학 의 일원이며 가족입니다.

"

에는 숲이 자리하고 있다. 캠퍼스 밖으로 나서면 길은 곧장 숲과 초원을 가로지르는 산책로다. 새소리를 듣고 맛있는 공기를 마시며 걷다 보면 그것만으로도 새로운 영감이 샘솟는 바로 그런 곳이다.

인생을 즐겁고 풍요롭게

슈마허 대학에서 생활하며 학생들이 처음부터 끝까지 감동했던 것은 식사였다. 모두가 "이렇게 맛있는 것은 처음 먹어본다!"며 탄성을 지를 정도였다.

이곳에서는 교사와 학생, 그리고 스태프까지 모두 모여 하루 세 번 식사를 함께한다. 물론 다른 나라에서 온 학생들도 마찬가지다.

식사준비는 반별로 돌아가며 상임 스태프를 돕도록 하는데, 교사 학생 할 것 없이 당번이 되면 누구나 앞치마를 두르고 부엌으로 직행한다.

인도의 자이나교적인 문화와 전통 속에서 채식주의자로 자란 사티쉬는 영국에 살면서도 여전히 채식주의를 고집하고 있다. 마찬가지로 슈마허 대학의 식사도 육류와 어류는 사용하지 않는다.

학생들, 특히 남학생들 사이에서는 채식주의에 강한 편견이 있다는 것을 나는 알고 있었다. 육류와 어류가 없는 식사는 맛도 없고 힘도 안 난다. 슈마허 대학에서의 식사에 대한 기대는 일치감치 접고 런던이나 옥스퍼드로 돌아가면 맛있는 것을 맘껏 먹자는 학생들도 있었다. 그 예상은 멋지게 빗나갔다.

대학의 식사가 맛있는 비결 중 하나는 식재료가 좋다는 것, 또 하나는 그 식재료의 장점을 살린 조리법이다. '식(食)'과 마주할 때의 태도도 중요하다. 이것을 슈마허 대학에서는 한 마디로 'Whole Food' 이른바 '전체식'이라고 부른다.

'Whole'이란 '전체' '통째'라는 뜻. 앞서 말했던 'Holistic=전체성'이라는 키워드에 들어있는 뜻과 같은 'Whole=전체'이다. 거기에 'Food'라는 말이 붙어 '전체식', 즉 '통째로 먹는 것'을 뜻하게 된다.

보통은 버려지는 채소의 껍질이나 뿌리 혹은 자투리도 그대로 국물 내는 데 사용한다. 예컨대 백미가 부분식이라면 현미는 전체식이다. 밀의 경우는 통밀이 전체식에 속한다.

정성스럽게 키운 곡물과 채소나 과일의 일부를 헛되이 버리지 않고 통째로 사용하는 것은, 본디 생명이란 전체에 깃들어 균형을 유지하는 존재라는 사고방식에 근거한다. 그 일부만을 골라 계속 편식하면 먹는 이의 심신이 균형을 잃을 수 있다.

이런 'Whole Food=전체식'이라는 사고방식은 나아가 'Whole Food 라이프스타일'로 이어지고 있다.

먹는 것을 주위환경과 떼어놓고 생각할 수는 없다. 음식은 살아있는 생물이다. 그 생명을 품고 있는 흙, 물, 공기, 햇빛, 기타 생물 등 자연환경 전체(Whole)를 동시에 고려하는 전체적인 태도로 살아가자는 것이 Whole Food 라이프스타일이다.

건강을 위해 유기농의 안전한 식재료를 사용한다는 단순한 생각만으로는 불충분하다. 그 식재료를 키우는 흙을 비롯한 자연환경, 그리고 농업과 식산업의 현주소까지 더불어 생각할 필요가 있다.

예컨대 쓰레기분리를 제대로 해서 음식물쓰레기를 퇴비로 만들거나 비첨가 세제를 골라 쓰는 등, 좁은 의미의 '식(食)'의 외부조건에도 관심을 돌릴 필요가 있다. 건강과 생활과 환경은 떼려야 뗄 수 없는 관계에 있으므로 그 전체를 고려하여 상황을 개선해 나간다. 이것이 바로 'Holistic'을 슬로건으로 내건 슈마허 대학의 Whole Food 라이프스타일이다.

사상적인 설명이 좀 길어졌는데, 그렇다고 사상만 앞서고 '맛은 별로'라고 생각하면 큰 오산이다. 실제로 맛도 일품이어서 인스턴트에 절어있는 학생들에게는 감동의 파노라마였다. 학생들이 기록한 식사 메뉴에서 몇 가지를 골라 소개하자.

'색동호박과 민트의 프리터'는 케이크처럼 말랑하고 부드러운 식감이 매력. '행복한 당근에 곁들인 파슬리'는 당근 하나를 통째로 찐 다음 다시 구운 것으로 당근 본연의 맛을 음미할 수 있는 요리. '안토니아의 나스타치움 리조트'는 스태프인 안토니아가 만든 특제요리. 나스타치움이 흩뿌려져 보기에도 즐거운 요리.

'환경에 좋은 것'이니 '정치적으로 옳은 것'이니 하면 자칫 금욕적이고 근접하기 어렵다는 인상을 주는 경우가 많다. 하지만 거기에 '즐겁다' '아름답다' '맛있다'와 같은 감각이 함께한다면 어떨까? 그들 가치관의 융합을 지향하는 것이 슈마허 대학 생활이다.

사티쉬가 제창하는 것도 단순한 '올바른 생활'이 아니라 인생을 보다 풍요롭고 즐겁게 하려는 라이프스타일이다.

둘째 날 왜 인간은 소유해야만 하는가?

모든 생명은 하나

둘째 날인 9월 6일 아침, 새소리에 눈을 떴다. 밖은 아직 어둑하고 구름이 낮게 깔렸다. 창 밖으로 내다뵈는 세계는 온통 초록색.

우리가 묵은 곳은 벽이 흰색으로 단순하고 청결한 개인실. 테이블에 들꽃 한 송이가 꽃병에 꽂혀있을 뿐 불필요한 것이라곤 하나 없는 공간이지만 왠지 충만한 기분이 들게 하는 곳이었다.

슈마허 대학의 아침은 7시 반에 명상으로 시작된다. 이것은 주로 사티쉬가 대학에 있을 때 한다고 한다. 사티쉬 혼자 매일 아침에 하는 명상에 주변 사람들이 동참하는 모습이다.

학생들이 삼삼오오 명상실로 모여든다. 사티쉬는 이미 방에서 정면으로 눈을 감고 앉아있다. 사람들이 어느 정도 모였음을 느낌으로 안 것일까, 초에 불을 켜고 자기 앞에 놓인 종을 작은 막대로 친다. 그리고 약 30분간 부드럽게 속삭이는 목소리로 명상을 이끌어간다.

"무릎에 손을 얹고 엄지와 검지로 원을 만듭니다. 이 원은 태양, 달, 그리고 우리 자신을 나타내고 있습니다. 다른 세 손가락은 과거, 현재, 미래를 동시에 나타내고 있습니다."

"마음을 담아 순환하는 호흡을 계속하면서 내가 마시는 숨, 내뱉는 숨을 이곳에 있는 모든 사람들이 들이쉬고 내뱉고 있다는 것을 의식하십시오. 우리는 생명의 호흡을 나누고 있습니다. 이렇게 하여 우리는 모두 서로 이어져 있습니다. 이것이 모든 생명은 하나라는 의식입니다."

"몸을 편안히 하고 마찬가지로 마음을 담은 호흡을 계속하면서 인간뿐만 아니라 모든 생물이 이와 똑같은 호흡으로 살아가고 있음을 의식합니다. 이 호흡으로 우리는 모든 생명 있는 것들과 이어져 있습니다. 우리는 모두 서로에게 이어져 있습니다. 이것이 모든 생명은 하나라는 의식입니다."

"이끌어주소서.
죽음에서 생명으로.
거짓에서 진실로.
절망에서 희망으로.
공포에서 신뢰로.
미움에서 사랑으로.

전쟁에서 평화로.

내가, 세계가, 우주의 만물이 평화로 가득할 수 있도록."

"우리는 마음이 담긴 호흡을 계속하면서 자신의 생각과 말과 행동
의 모든 것을 모든 생물에게 바칩니다. 하루 동안 우리의 생각과 말과
행동이 진심 어린 것이라면, 거기에는 생활과 명상 사이의 구별이 없
어지게 됩니다. 생활은 곧 명상이고 명상은 곧 생활이 됩니다……"

사티쉬의 명상에서 기둥이 되는 것은 '순환'이다. 들이쉬는 것과 내
뱉는 것의 순환에 따라 자신이 방안의 모든 사람과 바깥의 모든 벌레
와 풀과 새들과 이어져 있음을 실감하게 해준다.

지금까지 나는 여러 곳에서 수많은 사람들과 명상을 해봤지만 사티
쉬가 이끄는 30분의 명상만큼 충실하고 지루할 틈도 없는 명상은 처
음이었다. 첫날이었던 만큼 영어를 잘 못하는 학생들을 위해 내가 통
역을 했다. 그것이 일본어를 모르는 참가자들에게 방해가 되지 않을
까 걱정했는데, 나중에 물어보니 전혀 신경 쓰이지 않았고 오히려 음
악처럼 편안했다는 말에 안심했다.

이날 우리 그룹에서 명상에 참가한 사람은 절반 정도였다. 그런데
한 이틀 지나자 전원이 참가하게 되어 장소를 큰 방으로 옮겨야만 했
다. '모든 프로그램 중에서 명상이 제일 즐거웠다'는 학생이 있을 정도
였다. 여행이 끝나고 함께 간 학생 카에의 명상 소감을 들어보았다.

"거의 모든 학생이 그때 처음 명상을 경험해봤을 거예요. 당연히 명

상이 무엇인지 지식도 하나 없었지요. 명상이라고 하니까 누군가는 미술작품을 감상하는 건 줄 알았대요(웃음). 미지의 세계를 경험한 느낌이었습니다.

처음에 남학생들은 아침에 일어나지 못해서 참석하지 못했어요. 그런데 실제로 명상을 경험한 사람들의 평가를 듣고는 참가인원이 점점 늘어나더군요. '안 오면 손해'라고 다들 이구동성으로 말했어요. 결국에는 '사티쉬와 함께하는 시간을 절대 놓칠 수 없다'는 분위기가 되었지요."

명상이 즐거웠는지 사티쉬와 함께하는 시간이 즐거웠는지는 분명하지 않다. 아마도 둘 다가 아니었을까. 슈마허 대학 일주일을 계기로 명상을 생활 속의 습관으로 삼게 된 학생들이 있는가 하면, 사티쉬와 함께하는 명상이 아니면 시시하다는 학생도 있었다. 어쨌든 대부분의 학생들이 조금이라도 더 사티쉬와 함께하고 싶어서 명상에 참가했던 것만은 틀림없다.

조화와 균형

명상, 아침식사, 그리고 아침에 하는 공동작업을 끝낸 우리는 다트무어를 건학하러 버스를 타고 출발했다.

다트무어는 영국 남서부의 데본 주에 있는 국립공원이다. 총면적 954평방킬로미터, 표고는 높은 곳이 600미터가 넘는다. 다트무어의 '무어'는 나무가 거의 자라지 않고 바위 표면이 적나라하게 드러난 황야라는 의미다.

다트무어 촌 교회 앞 묘지

“

　한 가지는 우리 인간의 기쁨을 위해 다트무어가 존재한다는 사고방식. 그것은 다트무어보다는 인간을 더 중시하는 태도다. 전 세계의 자연은 인간에게 은혜를 베풀기 위해 존재한다는 사고방식과 일맥상통한다.

”

보라색 꽃을 피우는 히스, 고스라고 불리는 노란색 양치식물이 대지를 뒤덮고 바위산이 산재해 있는 기복이 심한 독특한 경관. 영국 본연의 자연, 그 아름다움을 느낄 수 있는 이곳을 사티쉬는 일주일에 한 번은 산책 삼아 찾는다고 한다.

BBC 방송에서 방영해 높은 평가를 받은 다큐멘터리 《지구순례자 Earth Pilgrim》는 이곳 다트무어의 풍부한 자연 속을 사티쉬가 봄 여름 가을 겨울에 걸쳐 걸으면서 자신의 인생과 철학을 들려주는 프로였다. 그 프로에서 말했듯이 다트무어는 그의 제2의 고향임에 틀림없다.

다트무어에는 예로부터 내려오는 촌락이 있어서 영국 고유의 초가집도 볼 수 있다. 전시를 위한 것이 아니라 지금도 엄연히 사람이 살고 있다. 곳곳에 오래된 교회와 묘지가 있는데, 돌을 비롯한 모든 재료들이 그 지역에서 생산한 것이라고 한다. 이제 교회는 예배를 위한 장소가 아닌 역사적 건축물로써 지역 주민들이 자치적으로 보호하고 있다.

공교롭게도 비가 왔지만 공기는 상쾌했다. 학생들이 비에 맞을까 걱정해선지 사티쉬는 우리를 전통 술집(Pub)으로 안내했다. '대낮부터 술집?'이라며 번화가의 술집을 떠올린 학생도 있었지만, 그것은 'Public House'라는 원래의 의미에 한없이 가까운 원조 술집이었다. 이런 장소를 알아두는 것도 중요하다고 사티쉬는 생각한다.

갓 내린 홍차와 커피를 음미하면서 이야기꽃을 피웠다. 누군가의 질문이 계기가 되어 사티쉬는 인도의 고대의학이면서 철학인 아유르베다 이야기를 들려주었다.

아유르베다에는 만물의 질을 표현하는 세 가지 말, 곧 사트바, 라자스, 타마스가 있다고 한다. 사트바는 조화와 균형을 유지하는 힘, 라자스는 활동을 촉구하는 힘, 타마스는 활동을 억제하는 힘으로 설명하기도 한다.

사티쉬는 세상의 모든 일에서 이 세 가지 중 어느 것에 해당하는지 생각하는 것이 중요하다고 말한다. 그는 가능한 한 사트바를 선택하고 라자스와 타마스에 편중되지 않도록 하는 것이 좋다, 라자스와 타마스를 완전히 배제할 필요는 없지만 항상 사트바를 중심으로 균형을 유지하기 바란다고도 했다.

아유르베다라는 말조차 들어본 적이 없는 일본의 젊은이들에게 사티쉬는 다음과 같은 예를 들어 설명해주었다. 어느새 학생 모두 이야기에 푹 빠져든다. 듣는 이가 세 가지 말을 실체로써 받아들이지 않도록 그는 '사트비크' '라자시크' '타마시크'라는 형용사(각각 '사트바적인' '라자스적인' '타마스적인'이라는 뜻)를 사용했다.

"옷을 예로 들어봅시다. '사트비크한 옷' 하면 체온을 유지하고 피부를 보호하는 등 쾌적하게 살기 위해 필요한 의류를 말합니다. 반대로 멋을 부리고 지위를 뽐내며 사람들에게 잘 보이려고 입는 옷은 라자시크라고 합니다. 그리고 군복이나 큰 오토바이를 타고 가죽점퍼를 입은 사람들의 복장, 이것은 타마시크라고 할 수 있지요. 왜냐하면 사람들에게 공포나 불안감을 주는 옷이니까.

음식에도 세 가지의 질이 있습니다. 과일이나 샐러드 위에 올리는 잎사귀처럼 그대로 먹을 수 있는 것은 사트비크. 말하자면 태양이 이미 요리해 놓은 음식이라 할 수 있지요. 채소나 콩처럼 간단한 조리법으로 먹을 수 있는 것이나 쌀처럼 소화하기 아주 쉬운 것도 사트비크에 속한다 할 수 있습니다.

같은 채소라도 뿌리채소처럼 긴 시간 요리를 해야 하는 것은 라자시크. 그리고 이것보다 더 오래 요리를 해야 하고 소화하기도 힘든 고기 등은 타마시크라 할 수 있지요."

이처럼 세상의 모든 만물은 세 가지 말로 분류할 수 있다.

건물의 경우, '심플하지만 쾌적하게 살려는 역할을 다하는 집'이 사트비크. '권력과 부를 자랑하려고 한 것'은 라자시크. 그리고 타마시크한 건물이란 '형무소나 고층빌딩 등, 보기만 해도 사람을 병들게 하는 집'이라고 했다.

그야말로 사티쉬다운 표현이다. 도쿄 같은 대도시에 사는 사람들에게는 지극히 당연한 고층빌딩도 그에게는 '사람을 병들게 하는 건물'이 된다. 다트무어의 오래된 석조건물인 술집에서 들은 만큼 설득력 역시 높았다.

술집에서 이야기 마지막에 사티쉬는 '선물의 세 가지 질'에 대해 얘기했다. 이것은 누구에게나 짚이는 데가 있는 이야기가 아닐까.

"사트비크한 선물은 대가를 바라지 않는, 마음에서 우러나는 선물. 하지만 '한번 봐봐!' '거봐, 대단하지?' 하는 식으로 자신이 준 선물을 과시하게 되면 그것은 라자시크한 선물이 되고 맙니다. 또 '두 번 다시 부탁하지 마!' '이번이 마지막이야!' '고마운 줄 알아야지!'라며 주는 선물은 타마시크. 부모가 자식에게 뭔가를 줄 때 이렇게 되기 십상이지요."

소유에서 관계로

다트무어에서 대학으로 돌아온 우리는 난로의 불꽃이 따뜻하게 타오르고 있는 라운지에서 언 몸을 녹였다. 그리고 그 자리에서 바로 사티쉬의 저녁강좌가 시작되었다.

먼저 사티쉬는 다트무어를 예로 들며 자연과 인간의 관계를 이야기했다.

다트무어에 대한 태도에는 두 가지가 있다.

한 가지는 우리 인간의 기쁨을 위해 다트무어가 존재한다는 사고방식. 그것은 다트무어보다는 인간을 더 중시하는 태도다. 전 세계의 자연은 인간에게 은혜를 베풀기 위해 존재한다는 사고방식과 일맥상통한다.

더 깊이 들여다보면 인류는 자연계보다 고등한 존재이며 그런 인간이 필요로 할 때 자연을 얼마든지 착취해도 된다는 의식과도 연결된다. 말이야 '자연을 즐긴다'고 하지만 무의식의 오만함이 작용하는 경우가 있다.

다른 하나는 다트무어와 우리 인간은 일체이며 떼려야 뗄 수 없는 관계라고 보는 사고방식이다. 자연계는 우리 인간을 위해 존재하는 것이 아니라 자연계가 곧 우리 자신이라는 생각.

"우리가 다트무어에 하는 행동은 우리 자신에게 하는 행동이나 다름없습니다. 만일 우리가 다트무어를 파괴하고 착취한다면 그것은 우리 자신을 상처 입히는 것입니다.”

안타깝게도 첫 번째 태도가 현대사회에 만연해 있다고 사티쉬는 말한다.

현대의 산업사회는 자연계가 '우리에게 무엇을 줄 것인가?' 라는 관점에만 의미를 두고, 자연계에서 얻게 될 이익만을 중시한다. 부를 얻고 권력을 얻고 돈을 얻고 편리함을 얻고…… 그것을 위해서라면 인간은 자연을 파괴해도 된다고 생각하고, 또 실제로 그렇게 해왔다.

햄버거를 먹으려고 우리는 먼저 숲을 파괴해 농장을 만든다. 그곳에서 대량으로 소를 키우고 그 고기로 햄버거를 만들어 판다. 석유기업은 예컨대 멕시코 만의 바다 속에서 석유를 캔다. 그러다 사고 때문에 엄청난 자연파괴가 발생해도 어쩔 수 없는 일이 되고 만다. 대규모 농장도 예외는 아니다. 가축의 대량사육, 거대기계에 따른 토지경작, 화학비료나 농약의 대량사용 등이 자연을 쉬지 않고 파괴하고 있다.

이처럼 산업이니 상업이니 비즈니스니 하는 대부분이 자연을 파괴하고 착취하는 행위가 되어버렸다. 그리고 그것이 당연한 일처럼 여겨져 왔다. 비즈니스로 이익을 얻으려면 자연은 어찌 되어도 좋다는 생각이 아니고 무엇일까.

“그런데 과연 그것을 진정한 이익이라 할 수 있을까?”

사티쉬는 우리에게 묻는다. 지금 당장은 '이익'처럼 보이지만 긴 안목으로 보면 사실은 불이익이 아닐까? 자연계를 파괴하면 자연에 기대 유지하고 있는 우리의 생활이 위협받는 것은 말할 것도 없고 다음

세대의 생존조차 위협받게 된다. 사실 우리는 우리 손으로 우리의 목을 조르고 있는 셈이다.

그러므로 우리는 자연을 대하는데 두 번째 태도로 옮겨가지 않으면 안 된다고 사티쉬는 말한다. 자연계가 우리에게 봉사해야 한다는 사고방식에서, 인간과 자연계는 한 몸으로 떼려야 뗄 수 없는 관계라는 생각의 전환. 우리 인간이 자연계를 위해 할 수 있는 모든 일을 하면 자연계는 인간에게 은혜를 베풀어줄 것이다.

"우리는 자연계의 소유자가 아닙니다. 자연계라는 커다란 가족의 일원이지요."

인도의 전통에서 보면 '가족'이라는 말은 아주 넓은 의미다. 단순히 남편과 아내, 부모와 자식만을 뜻하지 않고 동물과 식물도 가족이라고 생각한다. 물론 가장은 일가의 리더이긴 하지만 아내와 아이를 소유하지는 않는다. 그렇더라도 남편과 아내, 부모와 자식이라는 관계는 성립한다. 마찬가지로 자연계와의 관계 역시 소유가 아니라 가족과 같은 관계로 생각할 수 있다고 사티쉬는 말한다. 자연을 대하는 첫 번째 태도에서 두 번째 태도로의 전환은 요컨대 '소유에서 관계로의 전환'이라 할 수 있다.

이어서 사티쉬는 화제를 '소유'라는 말의 의미 고찰로 옮겼다.

"우리 사회는 소유를 아주 중요하게 생각합니다. 집이나 토지에는 소유를 증명하는 서류가 있지요. 아니, 사물이란 사물에는 죄다 증서가 있다고 해도 무관할 정도입니다. 그로써 사회가 이뤄지고 있는 셈이지요. 하지만 자연계에는 증서란 것이 없습니다. 호랑이나 코끼리가 뭘 소유하진 않으니까요. 다른 생물들과의 관계 안에서 살고 있을 뿐입니다."

한편 인간 세계에서는 자연을 노예화하는 나쁜 제도가 여전히 남아 있다고 사티쉬는 말한다.

"뿐만 아니라 우리 인간은 몇 백 년 전부터 자연뿐만 아니라 인간까지도 소유할 수 있다는 생각을 해냈습니다. 그렇게 노예제도를 만들어 노예무역을 하였고, 그들에게 강제노역을 시켜 부를 쌓았습니다. 현대사회에서 노예제도는 위법입니다. 하지만 자연계에 대해서는 어떤가? 아직도 토지나 나무나 동물을 소유하고 있습니다. 노예제도라는 야만적인 사고방식은 여전히 계속되고 있는 셈입니다."

사티쉬는 '인권'도 말했다. 우리는 인권이라는 말을 마치 인간에게만 주어진 특권이라고 생각한다.

"하지만 사람에게 인권이 있다면 인간 이외의 생물에게도 권리라는 것이 있지 않을까요? 생물뿐만이 아닙니다. 바위에도, 물에도, 빛에도 하늘이 부여한 권리라는 것이 있습니다. 사실 바위와 물과 빛과 같은 세상의 모든 만물은 살아있습니다. 그런 만물의 권리를 생각하지 않고 인간의 권리만을 떼어내 생각할 수는 없습니다."

'다른 생물들의 권리'라는 생각에 무엇보다 흠칫한 학생들은 '생물 이외의 모든 것도 살아있다'는 말에 숨을 죽였다. 그 놀라움의 물결이 나에게도 전해져왔다. 그때 사티쉬는 얼굴에 부드러운 미소를 지으며 이렇게 말을 이었다.

"지렁이에게도 인간과 마찬가지 권리가 있습니다. 지렁이는 아주 중요한 존재지요. 왜냐하면 지렁이는 낮이고 밤이고 쉬지 않고 일하면서 비옥한 땅을 만들어주기 때문입니다. 그렇다고 휴가를 원하지도 월급을 내놓으라고도 하지 않지요. 그런 지렁이의 존재를 무시하고 이 세상을 생각할 수 있을까요? 모두 밥을 먹을 때 잠깐 생각해보기 바랍니다. 만약 지렁이가 일을 하지 않는다면 우리 식탁에서 먹을 것이 사라지고 말 것이라는 사실을."

그런 이야기를 들으면서 나는 언젠가 그가 채식주의자를 고집하는 이유를 말해주던 때를 떠올렸다. 고기를 먹지 않는 중요한 이유는 두 가지. 첫째는 심신의 건강을 위해 소화에 나쁘고 타마시크(Tamasik)한 고기를 먹지 않는다. 그리고 두 번째 이유가 그야말로 사티쉬다운 발상이었다.

"당신은 소에게 먹혀도 상관없는가? 그건 아닐 것이다. 소 역시 당신에게 먹히고 싶진 않을 것이다."

사티쉬가 어렸을 때, "걷기 싫다, 말을 타겠다"고 하면 어머니는 이렇게 대답했다고 한다.

"말이 널 타면 좋겠니?"

육식문제에 대해 사티쉬는 곧잘 이런 이야기도 한다.

"채식주의자의 경우에는 1에이커(약0.4헥타르)에서 한 사람분의 먹을 것을 구할 수 있다. 하지만 육식의 경우에는 5에이커에서 일인분을 얻는다. 만약 70억 인구가 고기를 먹는다면 다섯 개의 지구가 필요해진다고 한다. 고기를 먹지 않으면 약해지지 않을까, 힘이 없진 않을까 걱정하는 사람들에게는 '말이나 소를 보라. 모두 채식주의 아닌

술집에서 하는 수업

66

"우리 사회는 소유를 아주 중요하게 생각합니다. 집이나 토지에는
소유를 증명하는 서류가 있지요. 아니, 사물이란 사물에는 죄다 증서
가 있다고 해도 무관할 정도입니다. 그로써 사회가 이뤄지고 있는 셈
이지요. 하지만 자연계에는 증서란 것이 없습니다. 다른 생물들과의
관계 안에서 살고 있을 뿐입니다."

99

가?'라고 말해준다. 그 덩치 큰 코끼리도 고기를 먹지 않는다. 사자는 고기를 먹는 대신 다른 동물이 모두 사자를 두려워한다. 그런 것처럼 당신이 고기를 먹으면 주변에 공포를 심어주게 될 것이다."

엘리트 대학의 반쪽교육

인간도 자연계도 모두 가족이라 여긴다. 자연파괴를 멈추고 자연계와 균형을 이루며 살아간다. 이런 사고방식과 태도를 사티쉬는 '에콜로지'라고 부른다. 하지만 에콜로지는 단순히 자연계와의 관계에만 한정하지 않는다. 자연계하고 조화를 유지하는 삶은 동시에 인간사회에도 조화를 가져다준다고 사티쉬는 믿고 있다.

"자연계를 끊임없이 착취하고 파괴하는 삶의 방식은 인간사회에서도 약한자를 착취하는 삶으로 이어집니다. 돈 있고 권력 있는 사람이 다른 사람을 착취하는 사회. 그것이 바로 지금 우리가 살고 있는 세상이 아닐까요. 사이가 좋은 가족들은 서로를 착취하지 않습니다. 모두가 공평하게 나눠가지며 살아가지요. 하지만 인간은 아직 사회나 자연을 가족이라고 생각하지 못하고 있습니다."

사회를, 그리고 자연계를 가족이라고 생각할 수만 있다면 착취는 사라질 것이다. 그렇게 함으로써 세상은 조화를 이루게 된다. 사티쉬에 따르면 그 옛날 인디언이라 불렸던 아메리카의 원주민들이나 아프리카에서 부시맨이라 불렸던 칼라할리 사막에 살던 사람, 그리고 오스트레일리아의 원주민인 아보리지니에게는 서로 같은 사고방식이 있었다고 한다. 그것은 '지구가족=Earth Family'이라는 사고방식이다.

동물과 식물은 우리의 형제이며 하늘은 우리의 아버지, 대지는 우리의 어머니. 그들은 그렇게 생각해왔다.

"현대인은 그런 원주민을 무시하는 경향이 있습니다. 야만스럽고 문명에 뒤처진 사람들이라고. 하지만 사실은 어떤가요? 그들의 전통적인 생각과 삶이 사회의 평화와 자연과의 조화를 더 잘 실현할 수 있습니다. 사실은 지금의 우리보다 훨씬 더 우수했을지 모릅니다."

원주민이라 불리는 사람들의 문화 속에는 자신들의 사회를 지속가능하게 만들려는 지혜가 고스란히 담겨있다. 반면 현대의 문명사회는 고작 200년 만에 자신들의 사회뿐 아니라 인류 전체의 삶을 지속불가능하게 바꿔버렸다. 그러므로……, 사티쉬는 말한다. 만일 인류가 앞으로도 계속 존속하고 번영하기를 원한다면 원주민의 사고방식에서 배울 필요가 있다고. 사티쉬는 또 이렇게 말했다.

"에콜로지라는 새로운 삶의 방식은 사실 전혀 새롭지 않습니다. 먼 옛날부터 내려온 지혜이기도 합니다. 태곳적 생활방식에는 '소유'라는 개념이 없었습니다. 고대에 살던 사람들은 그 누구도 토지나 동물을 소유하려 하지 않았습니다. 물론 그들 역시 살기 위해 자연계에서 많은 것을 얻어 쓰기는 했지만, 그것은 지극히 작은 것에 한했지요. 자신들이 살아가는 데 필요한 만큼만을 자연계에서 받았습니다. 그것으로 충분했으니까요.

원주민의 삶은 우리에게 에콜로지란 무엇인가를 가르쳐 줍니다. 대조적으로 현대 문명사회의 생활모습과 사고방식은 에콜로지가 아니라 '에콜로지'입니다."

이야기는 '에콜로지=Ecology'와 '에고이즘'을 혼합시킨 우스갯소리에서 자연스럽게 에콜로지라는 말의 어원으로 넘어갔다.

"여러분은 에콜로지의 '에코'의 의미를 알고 있는지요? 에코라는 말의 어원은 그리스어의 '집'을 의미하는 오이코스입니다. 그러므로 에콜로지는 지구 전체를 집으로 보는 관점이라고도 할 수 있습니다. 그렇게 보면 원주민의 세계관과 고대 그리스의 세계관은 연결되어 있습니다."

에콜로지의 '로지'는 'Logic', 즉 이론을 뜻한다. 그리스어에서는 로고스라고 하는데 이는 지식을 의미한다. 즉 에콜로지란 에코의 로고스, 즉 자신이 사는 장소에 대한 지식이라고 사티쉬는 설명한다. 거기에서 그의 이야기는 또 하나의 단어로 이어졌다.

"또 하나, 비슷한 울림을 가진 말로 '이코노미=Economy'가 있습니다. 이것은 물론 경제라는 의미이지요. 이 역시 'eco'와 'nomy'가 합체되어 생긴 말입니다. 'nomy'는 그리스어의 노모스. 운영이나 관리라는 의미로 영어의 'management'와 같은 뜻입니다. 이처럼 에콜로지와 이코노미는 어원으로 보면 형제나 다름없는 관계라 할 수 있습니다."

사티쉬는 그런데도 우리 사회는 이코노미만을 중시하고, 심지어 학교에서는 에콜로지를 배제한 이코노미만을 가르치고 있다며 안타까워한다.

자신이 살고 있는 장소를 관리하고 운영하는 방법만 배울 뿐, 대체 그것이 어떤 장소인가는 배우지 못하고 있다는 이야기다. 자신이 살고 있는 장소도 잘 알지도 못하면서 그 장소를 제대로 관리할 수나 있겠는가?

사티쉬는 전에 이런 예를 들어 설명한 적이 있다. 슈퍼마켓의 매니저가 관리를 제아무리 잘 아는 사람이라도, 그 슈퍼가 어떤 건물이고 거기에 어떤 설비가 있으며 어떤 지역에 있고 어떤 고객에게 어떤 스태프가 어떤 물건을 팔고 있는지 모른다면 결코 성공할 수 없다.

"에콜로지를 배제한 이코노미를 아무리 잘 배운다고 해도 그것은 쓸모없는 반쪽짜리 지식밖에 안 됩니다. 반쪽교육, 예컨대 설익은 밥과도 같지요. 지금 세계에서 발생하고 있는 온갖 문제들, 예를 들면 인구문제, 빈곤, 핵무기나 원자력발전소, 전쟁, 환경문제와 같은 심각한 사태는 알다시피 아프리카 농민들이 일으킨 문제가 아닙니다. 그럼 누가? 세계를 움직이고 있는 것은 하버드나 예일, 옥스퍼드나 캠브리지 그리고 도쿄대학 같은 엘리트대학을 졸업한 가장 고등 교육을 받아왔다고 믿는 사람들이지요. '그렇게 고등 교육을 받은 사람들이 왜?'라고 의아해할지 모르지만, 그런 대학에서는 '반쪽교육'밖에 안 시키고 있으니 어쩌면 당연한 결과가 아닐까요?"

대학에서는 반드시 이코노미와 에콜로지를 함께 가르쳐야 한다고 사티쉬는 말한다. 그는 이 둘은 이른바 두 다리와 같다고 말한다. 어느 쪽이든 한쪽만 발을 내딛어서는 걸음을 걸을 수 없다.

거기까지 말한 사티쉬는 갑자기 자리에서 일어나더니 걸음을 떼어 놓았다.

"보세요, 이렇게 두 다리가 교대로 앞으로 나가면서 서로를 지탱해 주지 않으면 안 됩니다. 그런데 만일 이렇게……"

그러더니 이번에는 깨금발로 폴짝, 폴짝 뛰어 보인다. 사티쉬는 금 세 균형을 잃고 뒤뚱거리다 간신히 의자에 손을 짚고 섰다.

"보다시피 한쪽 발로는 오래 가지 못하지요."

몸소 깨금발 뛰기까지 해 보이는 사티쉬의 뜻밖의 가르침에 학생들 은 적이 놀란 모양이었다. 하지만 덕분에 그들은 경제의 위험한 깨금 발 보행의 현실을 절실히 느끼고 파악할 수 있었을 것이다.

사티쉬가 고안한 교육의 정의 'E=4H'에 대해서는 이미 소개한 바 있다. E는 Education(교육), 네 개의 H는 Head(머리)와 Heart(마음) 와 Hands(손)와 Home(집). 작은학교나 슈마허 대학이 제창한 홀리 스틱한(전체성의) 교육이란 이 네 가지 요소의 융합을 지향하는 것이 다. 그런 관점으로 보면 현대사회의 교육이 얼마나 머리에만 편중되 어 있는지 알 수 있다. 이는 이미 깨금발 보행 수준을 넘어서고 있다.

사티쉬는 언젠가 교육에 대해 이런 이야기를 한 적이 있다. '학교'를 의미하는 산스크리트어 ARANYA의 어원은 '숲'이라고 한다. 그 말은 숲속에서 배움이 이뤄진다는 생각이 깃들어있다. 바꿔 말하면 숲속 에서 단순한 생활을 하는 것이야말로 진정한 배움이라는 것이다. 선 생님은 나무와 동물들이다.

옛날에는 이러한 사고방식이 왕족에서 빈민에 이르기까지 널리 공 유되었다고 한다. 인도의 시인이자 독립운동의 정신적 지주이기도 했던 라빈드라나트 타고르(1861~1941)가 학교를 시작했을 때도 그 장소는 숲속이었다고 한다. 자연과 일체가 된 배움은 슈마허 대학의 이상이기도 하다.

사실 우리가 첫날 다팅턴 홀을 방문했을 때 타고르의 사진이 슈마허 대학 현관에 걸려있는 것을 보았다.

사티쉬에게도 타고르는 정신적 구루의 한 사람이며 영감의 원천이라고 했다.

직선에서 순환으로

이때 사티쉬는 지향해야 할 경제의 참모습을 이야기하며 명상에서 호흡을 예로 들었다.

"오늘 아침 명상에 나온 사람은 알겠지만 호흡이라는 것은 사이클, 즉 순환하는 원을 이루고 있습니다. 이 순환하는 호흡을 경제에도 적용해서 생각해볼 수 있지요. 바로 순환 경제. 그 반대가 직선 경제입니다. 예를 들어 여기에 숲이 있고 광산이 있고 지하자원이 있다고 합시다. 직선 경제에서는 그 자원을 캐내어 뭐든 제품을 만들어 쓴 다음 마지막에는 버립니다. 우리가 안고 있는 여러 가지 문제는 모두 이 직선 경제에서 생겨난다고 해도 과언은 아닙니다. 사용하고 버리고, 사용하고 버리고. 그 결과 자원은 고갈되고 환경은 오염되며 공기 중의 이산화탄소는 증가합니다.

그렇다면 순환 경제란 어떤 것일까? 먹을 것을 예로 들면 우리가 먹고 남은 음식물 쓰레기나 배설물은 대지로 돌아갑니다. 그것은 다른 먹거리로 다시 태어나게 되지요. 순환 경제란 바로 이런 것입니다.

나무도 마찬가지입니다. 나무는 흙에서 영양분을 받아 스스로를 키우지요. 잎이 나고 열매가 맺히고 마지막에는 시들어 낙엽이 되지만 그것은 다시 땅으로 돌아갑니다. 자연계에는 이러한 순환이 존재합니다. 그러니 '과부족'이 있을 리 없지요."

사티쉬는 과부족이 없다는 것, 즉 남아도는 것이 없고 부족한 것도 없다는 의미를 호흡을 통해 알 수 있다고 말한다. 호흡에서는 들이쉬는 공기가 있으면 내뱉는 공기도 있다. 들이쉴 수 있기 때문에 내뱉을 수도 있고 또다시 들이쉴 수도 있다. 그렇게 하면 호흡이 부족할 일도 남아돌 일도 없다.

들이쉬고 내뱉는 호흡. 당연한 이야기지만 들숨과 날숨은 하나다. 어느 한쪽만 해서는 호흡이 이뤄질 수 없다. 하나인 그것을 따로따로 나누게 되면 어떻게 될까? 사티쉬는 모든 문제의 근원에는 이 '구별'이 있다고 말한다. 일체의 것을 따로따로 떼어놓고 보는 시각과 행동 말이다.

"인간을 자연계와는 구별되는 별개의 존재로 보고 저쪽은 자연계 이쪽은 인간계. 그리고 나는 이쪽 세계에 존재한다고 보는 사고에서 모든 문제가 시작됩니다."

그리고 다시 아침의 명상이야기를 했다.

"오늘 아침에도 명상 마지막에 두 손을 모았는데, 그것은 저쪽과 이쪽, 즉 자연과 인간의 구별이 사라지고 하나가 되는 모습을 나타낸 것입니다."

한 차례 이야기가 끝나자 사티쉬는 학생들에게 질문을 받았다. 일본의 대학에서는 보통 학생들에게서 질문이 별로 나오지 않는다. 우리 연구회 학생들도 처음에는 그렇게 소극적이다가도 1, 2년이 지나면서 조금씩 달라진다. 그런 그들이 슈마허 대학에 와서 다시 한 꺼풀 탈피해가고 있음이 느껴졌다. 몇 가지 훌륭한 질문이 나왔는데, 그 중에서 카요의 질문을 소개하자.

"자연계가 하나의 거대한 가족이라면 우리 인간은 가족의 일원으로서 어떤 역할을 하고 있는 걸까요?"

사티쉬는 이렇게 대답했다.

"아기는 엄마의 젖을 먹고 자라지. 수유는 대가가 없는 무상의 행위입니다. 이처럼 인간은 무수히 많은 '주는 행위'를 통해 성장하고 살아가는 존재입니다. 자연계와 인간의 관계도 마찬가지입니다. 우리는 자연계에 일방적이라 해도 좋을 만큼 받기만 하는 '선물' 덕분에 살아가고 있지요. 우리는 다른 생물의 생명을 받아 살아가고 있습니다. 그렇다고 자연계에서 받은 자신의 생명을 자연계에 다시 바칠 수는 없는 노릇. 하지만 그 대신 우리는 다른 형태로 자연계에 되돌려주고 있습니다.

예컨대 자연계는 우리에게 사과를 주고, 한편 우리는 사과를 먹을 때 벗긴 껍질이나 먹고 남은 심을 퇴비로 만들어 사과에로 되돌려줄 수 있습니다. 또 산소는 식물이 만들어 주는 선물이라고도 하는데, 동시에 식물이 살아가는 데 필요한 이산화탄소는 우리 인간이 만들어주고 있다고 할 수 있지요.

각각을 들여다보면 대가를 바라지 않는 무상의 행위일지라도 둘은 서로 깊은 관계를 맺으며 일체로서 순환하는 원을 그리고 있습니다. 그 순환하는 관계 안에서 인간도 나름의 역할을 수행하고 있지요. 주는 것과 받는 것이 서로 연결되어 순환하는 한 자연계에서 생명을 빼앗는 것은 폭력이 아닙니다. 순환하는 관계이기 때문에 그것이 용서받을 수 있는 것이지요. 다만 자신의 권력을 과시하려고, 혹은 이익을 얻으려고 일방적으로 생명을 빼앗는 거라면 그야말로 폭력이지요."

이어서 사티쉬는 자연계에서 인간의 역할을 이렇게 말했다.

"인간의 역할 중에서도 다른 생물에 비해 가장 특징적이고 인간적인 것은 '사랑하는 것'과 '축복하는 것'입니다."

사티쉬에 따르면 '축복하는 역할'이란 예컨대 아름다운 나무를 보았을 때, 그 나무의 아름다움을 시로 표현하거나 혹은 그림으로 그린다. 그도 아니면 소리 내어 "너무 아름다운 나무다!"라고 칭찬하는 것도 좋다. 그것이 노래가 되면 더 멋질 것이다. 분명한 것은 시나 그림으로 표현하는 행위 자체는 인간만이 할 수 있다는 것이다.

"파괴적인 행동으로 지구에 상처만 주는 사람은 대체 무엇을 위해 살고 있는 것일까?"

이것이 환경과 평화에 관심을 둔 진실한 젊은이가 마음에 품고 있는 의문이다. 카요의 질문도 그와 비슷한 취지였다고 생각한다. 그리고 이 질문보다 한 발 앞서 또 한 가지 많은 현대인이 품고 있는 1인칭의 의문이 있다.

"도대체 나는 무엇을 위해 살고 있는가?"

사티쉬는 그러한 질문에 명쾌하게 대답한다.

"주고, 사랑하고, 축복하려고 산다"

이 말을 듣고 생각했다.

'아아, 그렇구나! 이번 일주일은 이 대답을 얻으려고 하는 여행인지도 모르겠구나.' 이제 겨우 둘째 날인데, 사티쉬는 궁극의 대답을 우리에게 가르쳐준 셈이다.

소유는 인간의 본질인가?

학생들 다음 나도 질문했다. '소유'에 대해서다. 예를 들어 내가 어느 한 집에 살고 있다고 하자. 이웃이나 타인과의 관계, 혹은 다른 생물과 관계에서 그 집을 내가 지키지 않으면 안 된다. 그러면 '이것은 내 집'이라는 생각이 자연스럽게 생기지 않을까? 그리고 그것은 곧 '소유'와 직결되는데……

이 질문에 사티쉬는 '소유'라는 생각이 자연스러운 것이 아님을 시사해주는 사례는 얼마든지 있다고 했다. 경제학에서는 '소유'가 인간의 본질에 근거한 것이라고 하지만 그것은 크나큰 잘못이라고 했다.

"인간이 집에 살고 있는 것은 새가 둥지에 살고 있는 것과 같습니다. 하지만 새가 둥지를 소유하고 있다고는 말하지 않지요. 그런데 왜 우리 인간 세계에서는 소유가 될까?"

사실 소유라는 개념은 국가와 정부, 그리고 지배계층이라는 존재가 생겨나면서 생겼다.

"어느 순간 지배자가 나타나 이렇게 주장하기 시작했습니다. '넌 여기 사는가? 그럼 이곳을 네 소유로 하겠다. 널 소유자로 인정하마. 그러니 세금을 내라', 즉, 소유라는 개념은 세금을 거두려고 만들어진 도구라 해도 좋을 겁니다."

사실 우리는 많은 것을 소유하는 대신 비싼 세금을 내고 있다. 사티 쉬의 말처럼 '소유'가 세금을 거두려는 인공의 시스템이라면 그것이 자연스러울 리는 없다. 사티쉬는 뒤이어 말했다.

"소유는 격차를 만들어냅니다. 어떤 사람은 1만 에이커, 또 다른 사 람은 5만 에이커의 땅을 갖고 있습니다. 그런데 나머지 대부분의 사람 은 땅이 없습니다. 도대체 이 차이는 어디에서 오는 것일까요? 자연스 럽게 생긴 것은 아닐 겁니다. 자연계에는 애당초 그런 차이가 존재하 지 않았으니까. 그것은 바로 정부와 권력이 낳은 소산입니다.

500년 전에 콜럼버스를 비롯해 많은 사람이 유럽에서 미국으로 건 너갔을 때 만들어진 것도 이러한 격차였습니다. 그 이전부터 원래 그 곳에 살고 있던 원주민 세계에는 소유라는 개념이나 부자연스러운 격 차도 없었지요.

그런데 유럽 사람들은 '자자, 여기가 당신 땅입니다!'라고 담을 쌓 고 그 이웃에게는 '당신 땅은 여기서부터 여기까지'라고 선을 긋고 말 았습니다. 그리고 소유를 공공연하게 인정하기 위해 증명서라는 것 을 만들었지요. 권력이란 곧 이 증명서라고 해도 과언이 아닙니다. 그 권력을 모아둔 것이 정부이며, 그 정부가 소유를 인정하고 거기에서 세금을 거둬들이는 구조를 만들어냈습니다.

이곳 영국도 마찬가지입니다. 수백 년 전까지는 이곳 일대가 코몬 즈라고 불리는 공유지였었습니다."

코몬즈에는 누구나 출입할 수 있었고 얼마든지 땔감을 줍고 들풀과 나무열매를 채취할 수 있었다. 하지만 그런 상황에서는 사람들에게 세금을 거둘 수도 없고 지배할 수도 없다.

그래서 정부는 토지를 개인에게 팔아 소유를 인정하고 세금을 징수하도록 했다. 세금을 위해 소유를 낳고 소유가 부를 낳고 그것이 또 격차를 낳은 격이라고 사티쉬는 말한다.

그런 상황에 대한 대안으로 사티쉬는 학생들에게 '내셔널 트러스트(National Trust)를 소개했다. 이것은 영국의 한 시민운동으로, 보호해야 할 토지와 건축물 등을 사들여 차세대에게 물려주기 위해 관리하고 보존한다. 원래는 역사적인 건축물 보호가 목적이었는데 자연보호를 위한 토지구매도 하고 있다.

영국의 내셔널 트러스트는 400만 명의 회원이 25만 헥타르나 되는 토지와 100킬로미터의 해안선을 '소유'하는 대신 반영구적으로 맡아서 관리하고 있다. 이른바 전통적인 코몬즈(commons관습에 따라 일정 지역의 주민이 공동으로 이용하고 관리하는 토지 - 옮긴이)의 확장형이다. 영리 목적의 소유가 아니라 공공복지를 위해 기여하는 자선활동으로 여기기 때문에 정부도 세금을 징수할 수 없다.

이러한 시민자치로 운영하고 관리하기 위해 회원은 매년 100파운드씩 회비를 내고 있다. 사티쉬의 말처럼 다름 아닌 '소유'가 세상에 수많은 문제를 양산하는 원흉이라면 이 내셔널 트러스트는 그 문제를 극복하려는 길을 제시하고 있다 할 수 있다.

내 질문에 대한 사티쉬의 대답을 들으면서 언젠가 그가 해준 이야기를 떠올렸다. 그것은 힌두어에는 원래 '소유한다'는 말이 없었을 뿐 아니라 소유를 의미하는 '가지고 있다'는 말도 없었다고 한다. 이는 '소유'라는 말이 인류역사상 지극히 최근에 만들어졌으며, 단기간에 엄청난 기세로 세상에 확산된 새로운 개념임을 보여준다.

돈을 줄이고 시간을 늘리자

소유에 대한 나의 질문과 사티쉬의 대답에 마음을 냈는지 하츠코가 또 한 가지 질문을 던졌다. 그것은 돈이었다.

"돈은 원래 교환을 위한 수단이었는데 어느 순간 목적이 되어버렸습니다. 돈과 소유의 개념은 밀접한 관련이 있다고 생각합니다. 왜 수단에서 목적으로 전환되고 말았을까요?"

그 질문에 사티쉬는 반갑다는 듯 고개를 끄덕였다. 좋은 질문을 해줘서 고맙다는 표정이었다.

"자네 말처럼 확실히 돈은 애당초 수단이었지. 돈 그 자체가 부와 풍요로움은 아니었어. 그런데 우리가 만드는 행위를 그만둬버린 순간, 돈은 부 자체가 되어버렸지. 돈이 부를 상징하게 됨으로써 다른 사람들 혹은 기계가 만든 것을 자기 것으로 할 수 있게 된 것이지.

예를 들어 자네가 구두 만드는 장인이고, 내가 의자 만드는 장인이라고 할 때, 자네가 내가 만든 의자를 갖고 싶은데, 때마침 내가 학생의 구두를 원하지 않으면 교환은 성립될 수 없지. 쌍방의 요구가 항상 일치할 수는 없으니까. 하지만 돈이 있으면 간단하지. 자네는 구두를 시장으로 가지고 나가 팔고, 그 돈으로 내 의자를 구입하면 되지. 옛날에는 이것이 지역의 시장 안에서 이뤄졌어. 필요한 물건을 위해 필요한 만큼의 돈을 낸다는 구조가 만들어진 거야."

사티쉬는 그런데 지금은 이제 그렇지 않다고 말한다. 돈이 글로벌한 존재가 되어 종횡무진하니 돈 자체가 목적이 되고 말았다.

옛날에는 의자를 만드는 장인, 구두장인, 제빵사, 채소를 가꾸는 농민, 밀을 키우는 농민…… 돈은 각자 만든 것을 필요한 것과 교환하기 위한 수단이었지 그 이상의 무엇도 아니었다. 그것이 지역 세계다.

하지만 글로벌한 세계에는 아무것도 만들지 않는 사람들이 많아졌다. 무언가를 만들지 않고 소비만 하는 사람. 뭔가를 만들지 않고 작동만 하는 사람. 혹은 돈을 움직이는 사람. 사티쉬는 세상 모든 돈을 그런 사람들이 쥐고 있다며 안타까워했다. 그리고 그 결과 돈은 수단에서 목적으로 바뀌고 말았다. '필요한 것을 얻는 것'이 아니라 '돈을 소유하는 것'이 더 중요해지고 만 것이다.

그렇다면 돈을 다시 한 번 '수단'으로 돌이킬 방법은 있을까? 사티쉬에 따르면 그것은 아주 간단한 일이다.

"모두가 다시 한 번 만드는 사람, 즉 생산자가 되면 된다."

다른 사람이 필요로 하는 것을 만들어 판다. 그렇게 해서 만든 돈은 필요한 것을 얻는 데만 쓴다. 그러면 돈은 소유가 목적이 아니라 교환을 위한 단순한 수단이 된다. 그렇게 하면 우리의 생활은 아주 단순하고 상쾌해질 것이라고 사티쉬는 말한다.

나는 사티쉬와 '풍요와 돈'의 관계에 대해 종종 이런 이야기를 나눈 적이 있다.

다들 돈 벌기 바빠서 가족의 소중함조차 소홀히 하게 되었다. 돈을 벌기 위해 인생을 즐길 여유조차 없다. 귀중한 인생을 돈과 맞바꿔버린 셈이다. 특히 부자라는 나라에서 갈수록 그런 현상이 더해가고 있다. '시간은 돈이다' 혹은 '돈=풍요'라는 관념에 사로잡혀서 경제성장에 집착한다.

하지만 하루는 24시간이고 수명에도 한계가 있다. 그리고 지구상의 모든 나라가 가장 부유한 나라인 미국처럼 자원을 마구 써서 경제성장을 지속시키려고 한다면 지구는 네다섯 개라도 부족하다. 하지만 안타깝게도 지구는 하나뿐이고 자원은 한정돼 있다.

'일본인은 좋은 시계를 만들 수 있지만 시간의 여유가 없다.'

이것은 나의 부탄인 친구가 한 말이다. 그런 점에서 볼 때 부탄인은 시계를 만들 줄은 모르지만 시간은 얼마든지 있다고 그 친구는 말한다. 이 이야기를 듣던 사티쉬도 웃으며 고개를 끄덕였다.

"일본인 여러분에게 추천하고 싶은 것은 돈을 줄이고 시간을 늘리라는 것입니다."

종교와 신앙, 그리고 신뢰

저녁식사 뒤에도 같은 방 난롯가로 다시 사람들이 모여들었다. 세계 각지에서 온 석사과정 학생들과 사티쉬가 난로 옆에 모여앉아 이야기를 나누는 대학의 자연스런 '파이어 사이드 채팅(모닥불 옆의 담소)' 시간이었다. 저녁 토론에 이어 나도 학생들과 함께 참석했다. 파이어 사이드 채팅이란 원래 미국의 루즈벨트 대통령이 했던 라디오방송의

타이틀이었다고 한다.

"그는 실제로 난로 옆에 앉아 이야기를 한 게 아니었지만 우리는 말 그대로 이렇게 불을 바라보며 담소를 나눌 수 있어요."

사티쉬가 웃으며 자랑처럼 말했다.

우리 학생들도 그렇지만 여기 모인 사람들 대부분이 사티쉬와 만난 지 고작 2, 3일밖에 안 되었다. 그런데도 '가르치고' '배우는' 단순한 관계를 뛰어넘는 친밀감이 사티쉬와 학생들 사이에 흘렀다. 거기에 난롯불이라는 장치가 추가됐을 뿐인데 방안에는 뭐라 형용할 수 없는 편안함이 감돌았다.

먼저 사티쉬가 20분 정도에 걸쳐 '영혼(Spirituality)과 종교와 과학'이라는 주제로 이야기를 들려주었다. 그 중에서 그가 말한 영적인 것과 종교와의 차이를 소개하기로 하자.

"영혼과 종교는 서로 혼동하기 쉽지만 사실은 전혀 별개의 것입니다. 종교는 원래 '하나로 규합한다'는 의미가 있지요. 예를 들어 부처를, 혹은 그리스도를 믿는 사람들을 하나로 규합하여 공동체를 만드는 식으로 말입니다. 거기에 종교 본연의 의미가 있습니다. 그에 비해 영혼은 '자유로운 영혼'이라는 표현이 있듯이 본질적으로 자유로운 것, 그리고 종교를 믿는 사람이든 믿지 않는 사람이든 모두 같은 것, 그것이 바로 영혼이며 영혼의 자유입니다.

'Spirit'은 원래 호흡을 뜻합니다. '나는 영적인(Spiritual) 인간이 아니다'라고 곧잘 말하는 사람들이 있는데, 그들에게 한번 물어보세요.

파이어 사이드 채팅을 하는 사티쉬

<blockquote>

“

다들 돈 벌기 바빠서 가족의 소중함조차 소홀히 하게 되었다. 돈을 벌기 위해 인생을 즐길 여유조차 없다. 귀중한 인생을 돈과 맞바꿔버린 셈이다. ‘시간은 돈이다’ 혹은 ‘돈=풍요’라는 관념에 사로잡혀서 경제성장에 집착한다.

”

</blockquote>

'당신은 호흡을 하지 않는가?'

종교란 신앙의 시스템입니다. 그 세계에서는 뭔가가 믿음의 대상이 됩니다. 예를 들어 '윤회전생'을 믿는다거나 '성모 마리아의 처녀회임'을 믿는 것처럼 말입니다. 반면 영혼(Spirituality)은 어떤 것도 믿을 필요가 없습니다. 다만 호흡만 하면 됩니다. 살아있기만 하면 되는 것이지요."

뒤이은 질의응답이 또 훌륭했다. 석사과정의 학생들이 연이어 질문을 했다. 나와 일본인 학생들도 가담했다. 거기에 사티쉬는 짧지만 적확한 대답으로 응해주었다. 밤이 깊어가는 것도 모두 잊어버린 듯했다. 10가지 정도 질문 중에서 세 가지를 여기에 소개하기로 하자.

질문 사티쉬 선생님, 선생님께선 인류가 결국에는 홀리스틱(전체성)을 통해 건전한 방향으로 돌아갈 운명이라고 생각하십니까?

사티쉬 난 유토피아를 믿지 않습니다. 유토피아란 원래 '존재하지 않는 장소'를 의미하는 말이니까요. '존재하지 않는 장소'를 믿는다는 건 나에겐 불가능한 일이지요. 내가 믿는 것은 다만 인류의 가능성이 지금도 여전히 열려있다는 것뿐. 좋은 방향으로 갈 수 있는 가능성도 충분하다고 믿지요. 하지만 반대로 지금까지 거쳐 온 파괴로 가는 길을 그대로 밀고나갈 가능성도 충분합니다. 지금은 아마도 말 그대로 '갈림길'에 서 있는 게 아닐까요. '이미 늦었다' 혹은 '이미 선택의 순간은 지났다'고 말하는 사람들도 있지만 나는 그렇게 생각하지 않아요. 지금이라도 선택의 여지는 있다고 봅니다.

질문 우주의 법칙이나 신과 같은 위대한 존재가 모든 계획을 세워

두고 있고, 우리는 다만 그 안에 살면서 어떤 정해진 역할을 수행하고 있을 뿐이라는 생각을 선생님은 어떻게 생각하십니까?

사티쉬 그 같은 계획이 가령 있다고 해도 그것은 어디까지나 '우리에게는 그것을 실현하기 위해 필요한 재료가 모두 주어져 있다'는 의미가 아닐까요? 그 재료를 어떻게 사용할 것인가는 별개의 문제다. 요리를 예로 들면 어떤 요리를 만들까? 맛있는 것인지 맛없는 것인지, 중화요리인지 프랑스요리인지 선택하는 것은 우리입니다. 즉 거기에는 규칙과 자유가 양립하고 있어서 그 두 가지가 서로 얽혀 마치 춤추고 있는 것 같지요.

질문 우리가 신앙이나 종교 모두 제쳐두고 산다면 그 버려진 신앙은 어떻게 될까요?

사티쉬 여러분은 신앙과 신뢰를 같은 것이라고 생각하나요? 그 둘은 엄연히 다르답니다. 신앙이란 기본적으로 과거와의 관계입니다. 과거의 고정된 것에 매달려 있는 상태라 해도 무방하지요. 하지만 내가 지금 이렇게 여러분에게 이야기하는 건 신앙이 아니라 신뢰에 근거하고 있습니다. 나는 여러분에게 딱히 뭔가를 얻으려는 것도 없어요. 오로지 여러분을 믿기 때문에 이 자리에 있는 거지요. 신뢰란 항상 현재에 속해있지요. 바로 지금을 사는 태도. 한편 신앙이란 과거에 속해있지요. 예를 들면 남편과 아내의 관계가 결코 과거에 만들어진 관계만 믿고 그것에 매달리는 것은 아닐겁니다. 과거가 아니라 '지금 어떤 관계인가?'에 달려있지요. 그것이 바로 신뢰라는 겁니다.

셋째 날 자연을 어떻게 볼 것인가?

먹을 것은 스스로 만든다

슈마허 대학의 아침은 그날의 날씨와 상관없이 항상 상쾌한 공기에 둘러싸인다. 고요하지만 어딘지 모르게 자연스레 허리가 곧추서는 긴장감이 감돈다.

아침 7시부터 시작하는 명상에 참가하고 안 하고는 자유지만 아침 식사를 마치고 8시 반에 시작하는 모임에는 모두 참가해야 한다. 이 모임에서는 그날의 일정과 연락사항을 전달할 뿐 아니라 학생과 스태프가 하는 작은 발표 마당이기도 하다. 자신의 생각을 말하거나 마음에 드는 시를 낭독하기도 하고 수업이나 읽은 책에서 배운 것을 함께 나누기도 한다.

우리 연구회 학생들은 이 시간이 특히 즐거웠던 모양이다. 어느 한 학생은 이렇게 감상을 적었다.

"스스로 뭔가를 준비해서 표현하는 자리를 늘 마련한다는 것이 매우 신선했다."

교사의 이야기를 듣고 입력만 하지 않고 이런 식으로 출력하는 자리를 학생들이 풍부하게 가져, 대학에서 교육은 쌍방향이 되고 더불어 충실해진다. 또 스태프가 이런 자리를 통해 단순한 잡역부에 그치지 않고 창조적인 역할자로 거듭나 교육은 더욱 충실해진다.

모임이 끝나고 수업을 시작할 때까지는 '커뮤니티 워크'라 불리는 공동작업 시간이다. 여러 명씩 조를 짜서 청소나 식사준비, 뒷정리, 원예 등의 일을 분담한다. 슈마허 대학이 오로지 공부만을 위한 학교가 아니라 공동생활의 장이며 공동체의 일원이라는 의미를 배우는 곳임을 여기에서도 알 수 있다.

학생과 스태프가 하나가 되어 공동작업을 해서 사람과 사람의 인연을 실감하고 동시에 생활에 대한 책임감도 기른다. 연구회 학생들에게는 이 스태프와의 교류가 특히 소중한 경험으로 기억에 남았던 모양이다. 친구가 되어 일본으로 돌아와서도 자주 메일을 주고 받는 학생, 또 가까운 미래에 자신도 스태프가 되어 대학에서 살고 싶다는 학생도 적지 않았다.

대학 정원에서는 채소도 재배한다. 물론 우리가 매일 먹는 채소다. '먹을 것은 스스로 만든다'는 것은 원래 인간의 기본적 일인데도 학생들에게는 신선한 경험이었다. 어떤 학생은 이렇게 회상했다.

"식탁에서 우리가 먹는 채소를 밭에서 내 손으로 직접 따왔다는 것이 신비로웠다."

이때의 신비로운 느낌이야말로 레이첼 카슨이 말한 '센스 오브 원더sense of wonder'이다. 대지를 눈앞에서 느끼는 이런 작은 신비

채소밭 당번인 학생들

> “
> 대학 정원에서는 채소도 재배한다. 물론 우리가 매일 먹는 채소다.
> '먹을 것은 스스로 만든다'는 것은 원래 인간의 기본적 일인데도
> 학생들에게는 신선한 경험이었다.
> ”

로움이 학생들에게는 크나큰 배움이 되고 나아가 크나큰 용기로 이어진다.

패스트푸드와 종(種)의 멸종

셋째 날 프로그램의 강사를 맡아준 사람은 스테판 하딩이다.

생태학자인 스테판은 슈마허 대학 창설 때부터 사티쉬의 동지이며 전임교수로 대학의 중심 역할을 담당하고 있다. 어릴 때부터 자연계에 매료되어 대학에서 동물의 행동생태학을 전공한 스테판은 그 후에도 '열대우림에서 포유류의 다양성'에 관한 조사 등 다양한 연구와 조사활동에 종사해왔다. 세계적으로 저명한 영국인 과학자 제임스 러브록(James Lovelock)과의 만남 이래 '가이아 이론'의 연구에 매진하여, 그 성과를 『Animate Earth(살아있는 지구)』에 정리했다.

환경오염, 자원 고갈, 기후 변동, 생물 다양성의 상실 등 현재 지구에는 인간이 일으킨 것으로 보이는 오만가지 문제가 산적해 있다. 알베르트 아인슈타인이 말한 것처럼 '문제를 일으킨 사고방식으로 문제를 해결할 수는 없다'고 한다면, 위기의 사태를 목전에 둔 우리가 해야 할 일은 지금까지 사고방식을 벗어던지는 일이다.

지금까지 사고양식, 바꿔 말하면 지금까지 세계관은 이제 널리 통하지 않는다. 그렇다면 그를 대신해 지금 절실하게 요구되는 '세계관'이란 무엇인가? 그 대답으로 내 놓은 것이 지구를 하나의 생명체로 보는 '가이아 이론'이다.

명강사로 명성을 얻고 있는 스테판의 특별강의는 뜻밖의 이야기로 시작했다. 세계적 규모를 자랑하는 모 패스트푸드 체인점의 점포수는 1950년에 문을 연 지금까지 50여 년 동안 급격하게 증가했다. 또 세계의 GDP(국내총생산) 합계도 역시 1950년대부터 빠르게 상승했고, 멸종한 생물종의 수도 비슷한 시기부터 급증했다.

사람들이 부자가 되고 '편리함'과 값싼 음식이 세계로 퍼져가는 동안 한편에서는 생물들이 멸종해가고 있다. 이것이 20세기 후반 이후의 지구 모습이다.

하지만 그것은 어디까지나 세 가지 지표에 지나지 않는다. 스테판이 보여준 파워포인트에는 엇비슷한 곡선을 그리는 급격한 변화의 실례가 그 밖에도 많이 보이고 있었다.

스테판도 사티쉬와 비슷한 말을 했다.

"전 세계가 미국의 보통사람과 같은 생활을 누리려면 지구가 5.3개는 필요합니다. 하지만 지구는 하나뿐. 어쩌면 우리는 지금 급속한 '절멸의 시대'를 살고 있는지 모릅니다."

또 스테판은 슈마허 대학의 이름이기도 한 E. F. 슈마허의 말을 소개했다.

"인류는 자연과 전쟁을 벌이고 있다."

그러고는 장난스럽게 웃더니 이렇게 덧붙였다.

"그 전쟁에서 여러분은 인류가 승리하기를 바라나요?"

작은 침묵이 흐른 뒤 스테판은 말했다. 물론 인간이 자연계를 이긴다면 그것은 동시에 패배를 뜻한다. 자신이 살고 있는 환경 그 자체를 파괴하고 생존의 기반 그 자체를 없애버리는 셈이기 때문이다. 스테판이 말하는 '절멸의 시대'란 인간이 자기 자신을 절멸로 몰아가는 시대이기도 하다는 말이다.

갈릴레오의 한계

이어서 스테판은 왜 서양문명이 자연에 이토록 파괴적인가를 16세기에 시작된 과학혁명 시대로 거슬러 올라가 설명했다.

"이 시대를 쌓아올린 것은 갈릴레오나 베이컨, 데카르트나 뉴턴 같은 사람들입니다. 근대 과학의 시조라 할 수 있는 그들은 물론 나쁜 사람이 아니었지요. 오히려 인류의 복리에 공헌한 위대한 사람들이라 할 수 있습니다. 하지만 거기에는 한계도 있었습니다. 오늘은 여러분이 그 한계를 충분히 이해할 수 있기를 바랍니다."

예를 들어 갈릴레오(1564~1642)는 '우주라는 책은 수학이라는 언어로 씌어있다'는 말을 남겼다. 베이컨(1561~1626)은 수학적인 모델로 자연계를 정복할 수 있다고 했고, 뉴턴(1642?~1727)은 일련의 공식을 세워 우주의 움직임을 해명했다.

이렇게 하여 '세계'는 수치화되어, 즉 수량화를 통해서만 이해할 수 있다고 사람들은 믿게 되었다. 이러한 생각은 너무 강력하여 이후 400년 동안 세계를 지배하게 된다.

스테판이 인용한 갈릴레오의 말에 나오는 '우주'란 영어로는 'the universe'이다. 'the'라는 정관사가 붙어있는데, 이에 대해 스테판이 말했다.

"만일 시간을 거슬러 올라가 갈릴레오를 만날 수 있다면 그 'the'를

'a'로 바꿔달라고 부탁하고 싶습니다."

'the universe'라고 하면 이 세상에 단 하나뿐인 '존재'로서의 우주를 가리키지만, 'a universe'라고 하면 여러 개의 우주 가운데 하나의 우주라는 뜻이 된다. 그럼 갈릴레오가 말한 '우주라는 책'은 수학 이외의 언어로도 쓸 수 있었을 테니 말이다.

스테판의 말은 바로 '질(質)'을 뜻한다. '물건'의 경우 양뿐만 아니라 질이 있고, 사람에게는 인격이 있다는 사고방식은 어느 세계에나 존재한다. 예컨대 일본의 오래된 신도(神道)에서는 모든 사물에는 신이 깃들어 있다고 생각한다. 하지만 서양의 근대적 사고는 자연계에 그러한 '질'이 있다고 인정하지 않았다.

스테판은 "의식 깊은 곳에 가둬두고 뚜껑을 닫아버린 기겠지요"라며 안타까워했다. 그는 또 데카르트(1596~1650)와 베이컨의 말도 소개했다.

데카르트 가라사대, "나는 눈에 보이는 지구와 우주의 모든 것을 기계로써 기술할 수 있다." 베이컨 가라사대, "인류의 힘을 키워 우주를 지배할 수 있도록 노력하지 않으면 안 된다."

이들의 말에서 인간 이외의 자연계에도 인격이 있고 질적인 면이 있다는 감각은 전혀 찾아볼 수 없다.

이런 이념 위에 세워진 것이 현대세계다. 그렇기 때문에 세계는 지금 수많은 심각한 문제에 봉착해 있다. 이 문제들을 해결하려면 어떻게 해야 할까? 그 단서가 되는 것이 '애니마 문디'라고 스테판은 말한다. 애니마 문디란 라틴어로 '영혼이 있는 세계'라는 뜻이다.

예컨대 인도철학에서는 '의식'이 중심에 있고 물질은 그 의식에서 생겨난다고 믿어왔다. 이와 대조적으로 서양의 근대과학에서는 대다수의 사람들이 '모든 것은 물질 안에서만 이해된다'고 믿었다. 의식의 존재를 배제해온 것이다.

"하지만 만물에 영혼이 있다고 보는 애니마 문디의 사고방식이야말로 가장 근원적인 인간의 마음자세입니다. 서양에서 시작한 현대 문명도 반드시 애니마 문디를 떠올려 영혼에 대한 감수성을 되찾아야 한다고 생각합니다."

그리고 스테판은 가이아 이론에 나오는 다음과 같은 어려운 정의를 우리에게 제시했다.

"세계는 단순한 객체적 물체의 집합이 아닙니다. 대상물에 대한 주체의 영적인 교감입니다."

철학이 낯설기만 한 학생들이 좀 안쓰러울 정도였다. 그때 스테판은 또 장난스럽게 미소를 지으며 설명을 시작했다. 즉 '사물'은 단순한 원자의 집합체도 아니고 의식의 객체도 아닌 주체적으로 어떤 경험을 하고 있다고 볼 수 있다는 것이다.

스테판은 바로 옆에 있던 텔레비전의 리모콘을 집었다. 예를 들어 이 안에는 탄소원자가 가득 들어 있는데, 그것을 두고 우리는 '지구 위를 자유롭게 흘러 다니는 탄소원자를 플라스틱 안에 가둬두었다'고 생각할 수 있다. 하지만 동시에 '그렇게 하면 탄소는 어떤 느낌일까?'라는 의문을 품을 만도 하다.

즉, 세계를 단순히 '양'으로 생각하면 떠오르지 않던 의문들이 '질'

에 대해 생각하면 줄줄이 떠오른다. 모든 것을 양으로 생각하는 것이 서양과학의 사고라고 한다면, 질로 생각하는 것은 애니미즘과 같은 고대로부터 내려온 사고라고 할 수 있다. 세계에 대한 이 두 가지 태도가 서로 상반되는 것으로 분류되는 것이 문제라고 스테판은 말한다.

"이 두 분야의 융합이야말로 여러 문제를 해결하려는 우리 현대인에게 주어진 과제가 아닐까요?"

스테판은 에콜로지라는 말도 서양적인 사고의 산물이라고 말한다. 에콜로지란 살아있는 생물과 환경과의 양적인 관계를 밝히는 것이라고 보기 때문이다.

정말 중요한 것은 '딥 에콜로지(심층 생태학)', 즉 에콜로지를 양적인 이해에서 질적인 이해로 옮기려는 시도이다. 이 말을 만든 사람은 노르웨이의 철학자 아르네 네스(1912~2009)이다. 스테판의 스승 중 한 사람이기도 하다.

파워포인트가 한 노인의 사진을 보여주었다. 세상을 떠난 지 얼마 안 된 경애하는 스승의 사진 앞에서 스테판의 목소리는 이내 뜨거워졌다.

네스는 스물일곱 살에 철학 교수가 되었는데, 그의 말은 너무 어려워 누구도 이해할 수 없었다. 하지만……스테판은 덧붙였다.

"모두가 네스라는 사람의 존재 자체에서 산과 바람을 느꼈습니다. 그는 산이고 바위이며 바람이었지요. 그는 바위와 그 위의 이끼를 체현하고 있었습니다. 그처럼 인간은 애니마 문디를 체현하는 존재가 될 수 있습니다."

울퉁불퉁한 바위산을 배경으로 한 네스의 사진이 한 장 한 장 화면을 지나갔다. 생전에 네스를 찾아간 스테판이 함께 산행을 갔을 때 찍은 것이라고 했다. 네스에게서 바위나 바람을 느꼈던 것은 스테판 자신이었음을 우리는 알 수 있었다.

스테판은 이어서 말했다. 모든 만물은 살아있다. 모든 만물이 듣고 느낀다. 모든 생명은 인간의 가치관과는 무관하게 오로지 그 자체에 내재되어 있는 가치가 있다. 그렇기 때문에 자연계하고 관계에서는 항상 신중해야 한다. 그것이 딥 에콜로지라고 하는 사고방식이며 태도이다.

자연에는 관용적인 면도 있는가 하면 그렇지 않은 면도 있다. 자연이라고 꼭 너그럽지만은 않다고 스테판은 말한다 . 자연을 경의로 대하지 않으면 우리는 버림받게 될 것이다. 악의를 품은 복수가 아니라 이를테면 개가 벼룩을 털어내는 것처럼.

경의로 자연을 대하려면 대화가 필요하다. 그것은 인간관계의 경우와 마찬가지다. 그 대화를 위해 무엇을 어떻게 해야 하는가?

결코 어려운 일이 아니라고 스테판은 말한다. 자연 속에서 기분 좋은 장소를 찾는 것, 그리고 그곳에서 지내는 것. 그러면 보고 듣는 모든 것이 하나의 같은 언어라는 사실을 알게 된다. 위대한 자연이 우리에게 말을 걸어온다는 것을 알 수 있다. 그럼 자연히 대화도 가능해진다.

"물건을 팔기 위한 광고나 선전, 그리고 지금까지의 교육은 의식적으로 우리를 자연계에서 분리시키도록 만들어져 왔습니다. 왜냐하면 자연에서 분리되면서 생겨나는 공백을 사람은 다른 무언가로 채우려 하기 때문이지요. 예컨대 공백을 메우기 위해 물건을 사거나 하는……"

그렇게 말한 스테판은 웃으면서 학생들을 둘러보았다. 여러분도 무관하진 않을 텐데? 라고 묻기라도 하는 듯했다.

"그러므로 만일 여러분이 강가에 앉아서 자연과 대화를 나눈다면 그것은 일종의 저항입니다. 사회변혁을 위한 정치활동이라고 해도 과언은 아니죠. 자기 안에 있는 에콜로지컬한 감수성을 재생시킬 수만 있다면 더는 소비사회의 노예가 아니어도 되니 말입니다."

지구는 파티중?

가이아 이론, 이 이론은 어떤 과정을 거쳐 탄생했는가? 이론을 주장한 사람은 영국의 과학자이며 작가, 생태운동가이며 미래학자이기도 한 제임스 러브록이다. 스테판의 스승이기도 한 인물이다.

러브록의 작은 '깨달음'에서 가이아 이론은 시작되었다고 스테판은 말한다.

서양은 무의식적으로 영혼이 깃든 세계를 억압해왔다. 그뿐만 아니라 과학의 세계에서는 의식적으로도 그것을 억압하고 있다. 하지만 영혼의 감수성은 너무나 강렬해서 그 어떤 이성으로 억압하더라도 과학 속으로 튕겨져 나오려고 한다. 그것을 깨달은 과학자 중 한 사람이 러브록이었다.

1960년대까지의 과학자들에게 지구란 생명이 없는 하나의 거대한 기계와도 같은 것이었다. 그리고 지구는 생명을 가지고 있는 생물과 바위나 물처럼 생명이 없는 무생물로 구성되어 있다고 믿었다. 러브록도 그런 과학세계에 몸담고 있었는데 1965년 어느 날 그에게 깨달음이 찾아왔다. 스테판은 목소리에 힘을 주어 이렇게 말했다.

"이론적 연구를 하다가 어느 순간 그는 섬광처럼 '지구가 살아있다'는 깨달음을 얻었습니다."

그 당시 주류를 이루던 과학에서 생물은 지구라는 존재에 눈곱만큼의 영향만을 미친다고 생각했다. 그들에게 '지구'는 동물과 식물 같은 생물이 아니라 바위와 같은 무생물적인 환경을 의미했다. 즉 지구는 기본적으로 죽어있는 것이며 그것이 '지구=기계'라는 관점으로 이어졌다.

"그런데 지구의 영혼은 그런 관점이 별로 마음에 들지 않았던 모양입니다. 그래서 가이아, 즉 지구의 여신은 '이치를 바로 알만한 과학자'를 물색하고 있었는지 모릅니다. 그러다 어느 순간 발굴된 인재가 러브록이었던 것이지요."

가이아(Gaia)란 그리스신화에 등장하는 지구의 여신을 가리킨다. 우리는 언제부턴가 신화와 과학이 뒤섞인 지점에 서 있게 되었다. 대체 어디까지가 진실이란 말인가……? 나도 학생들도 다소 과장된 스테판의 표정과 행동을 열심히 좇았다.

러브록은 NASA(미국항공우주국)에서 화성에 인공위성을 쏘는 프로젝트 중 그곳에 생물이 존재하는지 관찰하는 기계 제작을 의뢰받았다고 한다. 그는 어떤 실험을 하면 생명을 발견할 수 있을까 고민했다.

그런 그에게 한 가지 아이디어가 번뜩였다. 스테판의 표현을 빌리자면 '가이아가 찾아와 어떤 생각을 그에게 불어넣어주었다. 열쇠는 '공기'에 있었다.'대기 중에 답이 있다'

러브록은 그렇게 느꼈다. 왜냐하면 생명이 있는 것은 호흡을 하기 때문에 대기 중에 어떤 식으로든 흔적을 남길 것이 분명하다. 현재 지구의 대기는 산소가 약20%이고 질소가 약80%, 합쳐서 전체의 약 99%를 점유하고 있다. 그 나머지를 비율로 따지면 소량의 다양한 기체가 차지하고 있다. 곧잘 문제가 되고 있는 이산화탄소는 0.04% 정도다. 다양한 이런 기체가 상호작용을 하고 있다. 산소가 살아있다고 생각해보자.

"살아있으니까 당연히 성격도 있겠지. 자, 산소의 성격은 어떨까?" 우리가 대답할 틈도 주지 않고 스테판은 계속했다.

"그것은 이탈리아 사람처럼 정열적입니다."

금방 정열적으로 다른 물질과 관계를 맺으려 하기 때문이란다. 학생들이 쿡쿡 낮게 웃었지만 그는 아랑곳하지 않고 말을 이었다. 만일 질소가 옆에 있으면 순식간에 사랑에 빠져 그와 얽혀서 산화질소가 된다. 그것이 바다로 녹아들면 질소는 녹는다. 산소가 메탄을 발견하면 그야말로 큰일이다. 불타오르는 열정이 폭발을 일으켜 거기에서 물과 이산화탄소가 생성된다.

러브록은 놀랍기만 했다. 지구의 기체는 결코 정적이거나 안정된 것이 아니다. 끊임없이 떠돌아다니다 상대를 발견하기 무섭게 춤을 춘다. 손짓몸짓을 섞어가며 열변을 토하는 스테판의 모습이야말로 열정적인 이탈리아인을 연상케 했다.

스테판의 열변은 끝나지 않았다. ……그래서 러브록은 생각했다. 화성에도 지구처럼 생명이 있다면 그 대기도 틀림없이 지구에서처럼 파티 중일 것이다. 하지만 NASA가 가져온 화성의 대기 자료를 보면, 거의 대부분이 이산화탄소다. 지구 대기의 역동적 상태와는 대조적이다. 즉 파티는 이미 끝난 지 오래고 모두 파김치가 되어 겨우 코고는 소리만 들린다고 해도 과언이 아닌 상태. 바꿔 말하면 화성의 대기는 '살아있지 않았다'.

그에 비해 지구의 대기는 여전히 '살아있다'고 할 수 있지 않을까? 그러나 러브록에게 여전히 수수께끼로 남은 것은, 과거 3억 5천만 년 동안 지구의 산소량이 줄곧 20% 정도로 일정했다는 사실이었다. 이상한 일이 아닐 수 없었다. 산소가 그토록 간단히 다른 물질과 결합을 반복하고 있는데도 그 오랜 세월 동안 어떻게 일정량을 유지할 수 있었단 말인가?

1965년의 그날도 러브록은 그 생각에 골몰해 있었다. 그런 그에게 가이아 여신이 떠오르고 다음과 같은 생각을 했다.

"지구라는 생명은 기체를 만들어낼 뿐 아니라 대기의 조성까지 제어하고 조정했다. 즉 생명은 자신의 번영을 위해 그에 적합한 대기를 컨트롤하면서 만들었던 게 아닐까?"

이런 생각을 토대로 그는 지금까지의 과학이론을 전면 다시 쓰게 되었다고 스테판은 말한다. 공기가 그렇다면 바위나 물 역시 그렇다. 사실 생명계는 생명이 없다고 생각했던 바위나 공기, 물에 거대한 영향을 미치고 있었다. 물론 반대로 무생물 역시 생물에 영향을 미치고 있다. 이런 발상으로 생물계와 무생물계가 비로소 결합하고 융합할 수 있었다. 그것은 이른바 생명과 비(非)생명의 결혼이었다고 스테판은 환하게 웃는 얼굴로 말했다.

이 세상에 의미없는 존재는 없다

이 결혼을 통해 여러 가지 뜻밖의 것이 발견되었다. 예를 들면 가이아의 '자기규제(Self Regulation)'라는 작용이다. 그 자체는 언뜻 보기에 무생물처럼 보이는 것과 결합 혹은 협동하여 생명이 스스로를 유지하려고 필요한 환경을 만들고 보존한다, 말하자면 인간의 몸이 하는 것과 같은 작용을 지구 전체도 하고 있다는 말이다. 이를 가리켜 현대과학에서도 역시 '지구는 살아있다'는 표현을 쓰게 되었다.

하지만…… 스테판은 검지를 세워 보이며 말했다. 생각해보면 '지구는 살아있다'는 사고방식은 전통사회의 신화 속에 '신'이니 '영혼'이니 하는 말로 이미 오래 전부터 존재했던 것이다. 그와 똑같은 것이 첨단 과학에서 재발견되었으니 참으로 재미있지 않은가. 이어서 스테판은 소금을 예로 들어 자기규제를 설명했다.

소금을 기본적인 요소로 분해하면 염소와 나트륨이 된다. 하지만 염소를 들이마시면 죽게 되고 나트륨을 물에 넣으면 폭발한다. 이 두 가지 요소가 합쳐져 만들어진 것을 인간은 음식의 간을 맞추기 위해 이용하다니 신비롭기만 하다.

그런데 소금을 소금답게 하는 '소금다움'을 Emergent Property(출현특성)라고 한다. 성질이 전혀 다른 A와 B가 새롭게 융합했을 때 전혀 예기치 않았던 새로운 물질이 탄생하는 것을 말한다.

단순히 염소를 염소로서만, 또 나트륨을 나트륨으로서만 따로따로 떼어놓고 생각하는 한 그것이 융합해서 만들어지는 소금이라는 것에 대해 어떤 예상도 할 수 없다. 하지만 그것들이 결합해 '소금다움' 이 새롭게 출현한다.

스테판에 따르면 이것은 보편적인 현상이다. 온갖 요소가 예측할 수 없는 방법으로 융합해 전혀 새로운 것을 만들어낸다. 그리고 이 질적인 비약을 우리가 이해하기란 완전히 불가능하다.

물론 그것은 무생물의 세계만이 아니다. 생물의 세계에서도 다양한 종이 있어 서로 영향을 주고받고, 또 바위나 물이나 공기 등과 관계를 맺어 전혀 예측할 수 없는 반응을 일으킨다. 그것은 소금의 생성 같은 소규모의 융합에서 어마어마하게 거대한 규모의 융합까지 망라한다. 그러한 모든 것을 컨트롤하고 있는 것이 지구라는 장대한 생명의 자기규제이다.

우리 인간도 그런 지구라는 생명체 안에 살고 있다. 그것은 '인간의 뱃속에 박테리아가 살고 있는 것과 같다'고 스테판은 말한다. 그리고 인류가 살려면 자신이 지구의 일부라는 자각이 필요하다고 스테판은 강조한다.

그 말에 한 학생이 손을 들어 질문했다. 같은 미생물이라도 인간은 지구에서 있어서는 안 될 병원체 같은 존재가 아니겠느냐고.

'참 좋은 질문'이라고 말한 뒤 스테판은 대답했다. 박테리아 같은

자연은 경이롭다

> ❝
>
> 그토록 짧은 기간에 거대한 변화를 일으킨 인류. 그 파괴성에 절망
> 할 수도 있고 창조적인 가능성에 희망을 가질 수도 있다. 그 짧은 기간
> 동안 만일 인류가 파괴적인 에너지를 창조와 사랑과 치유의 활력으로
> 전환할 수 있다면 기적이 일어날지 모른다.
>
> ❞

미생물이 없으면 인간은 살아갈 수 없다. 즉 박테리아는 인간의 생명에 본질적인 존재다. 마찬가지로 모든 생물은 지구에 본질적인 존재다. 바꿔 말하면……그 순간 내가 끼어들어 말했다…… 이 세상에 의미없는 존재는 아무것도 없다는 말이군요? 스테판은 바로 그렇다며 내게 고맙다고 말했다.

식사를 알리는 종소리가 울렸다. 스테판은 두 팔을 활짝 펼치더니 또 한 번 밝게 웃으며 말했다. Welcome to Gaia! 그리고 이런 말로 강의를 마무리 지었다.

"우리가 살고 있는 이 대지도, 매일 마시는 물과 또 이렇게 호흡하고 있는 공기도 존재하는 모든 생물 덕분이며, 가이아라는 생명체 덕분이라는 것을 여러분도 알았을 것입니다."

인류의 역사를 배우는 하이킹

그날 오후, 사티쉬와 스테판은 우리를 다트머스 해변으로 안내해주었다. 슈마허 대학에서 '배움'에는 바깥 활동도 포함되어 있다. 자연을 배운다면서 교실 안에 틀어박혀 있는 것은 아무런 의미가 없다.

해변의 하이킹 코스를 지구가 지나온 시간이라 가정하고 걸어보자고 스테판이 제안했다. 우리가 걸을 하이킹 코스 4.6킬로미터를 46억 년 역사로 생각한다. 즉 1미터를 100만 년이라 생각하고 몸으로 느껴보자는 것이다. 한 걸음은 대개 4분의 3미터, 즉 70만 년 정도가 된다. 정신이 혼미해진다는 말은 바로 이런 걸 두고 하는 말일 터였다.

버스에서 내려 잠깐 걸어간 곳이 바로 출발점이다. 스테판은 빅뱅에서 지구탄생에 이르기까지 다양한 이야기를 들려주었다.

"지금 서 있는 최초의 지점이 지구가 탄생한 순간이므로 생명은 아직 생겨나기 전입니다."

그때 사티쉬가 설명을 더했다.

"지금 스테판이 아직 생명이 생겨나기 전이라고 했는데, 원래 지구는 살아있기 때문에 살아있는 별이 탄생한 순간이라 할 수도 있을 겁니다."

맞는 말이다. 이것은 '가이아'라는 생명을 돌이켜보는 여행인 것이다. 출발 전에 스테판은 줄자를 꺼내 모두에게 말했다.

"이 1센티미터가 1만 년이고 1밀리미터가 1천 년입니다."

모두 '끙' 하는 신음소리를 내며, 하지만 서둘러 걸음을 내딛었다.

눈 아래로 대서양이 펼쳐져 있었다. 오솔길은 주로 목초지를 가로질러 오르락내리락 굽이치듯 계속되었다. 바다를 오른쪽으로 내려다보며 걸었다. 가끔 스테판이 모두를 불러 세워 '이 시점에서 지구에 무슨 일이 벌어졌는가?'에 대해 들려주었다.

달의 탄생, 박테리아의 등장, 공기의 출현, 육지의 형성……

다트머스 마을이 가까워지면 하이킹 코스도 막바지다. 마을로 이어지는 후미의 낭떠러지 위에 있는 매점에서 휴식을 취하며 아이스크림을 먹기로 했다. 나도 스테판도 그리고 사티쉬까지 소프트크림을 먹는 것을 보고는 학생들이 재미있는지 카메라를 들이댔다.

스테판은 때를 놓치지 않고 이렇게 말했다.

"아이스크림 역시 처음 한 입이 특히 맛있지요. 입안에서 큰 이변이 일어난 느낌이랄까! 이와 비슷한 폭발적인 사건이 6억 년 전 지구에서도 발생했습니다. 바닷속에 조개나 불가사리 같은 생물, 그리고 더 큰 생물이 폭발적인 기세로 탄생한 겁니다."

휴식을 마치고 다시 걷기 시작한 지 얼마 안 돼서 이윽고 지구 역사상 우리도 조금은 알고 있는 사건들이 하나둘 모습을 드러내기 시작했다. 그것은 또 하이킹이 거의 끝나가고 있음을 알리는 신호이기도 했다.

여러 가지 생물이 연이어 등장하고 있는데도 인류는 좀처럼 그 모습을 드러내지 않았다. 그건 어쩌면 당연한 일이다. 인류의 역사를 700만 년으로 추정하더라도 그것은 하이킹의 마지막 열 걸음에 지나지 않으니 말이다.

지구에 인류가 탄생하기까지 얼마나 긴 시간이 걸렸는지 우리는 다리의 피로를 통해 실감할 수 있었다. 그에 비해 인류의 역사는 또 어찌 그리 짧은지! 우리는 그 열 걸음을 음미하듯 꾹꾹 지르밟으며 걸었다. 거기에는 원인(猿人100만~300만 년 전)에서 원인(原人40~50만 년 전)까지가 포함되어 있다. 우리 현대 인류인 호모사피엔스의 역사는 반걸음에도 미치지 않는다.

목적지점 직전에 학생들을 줄줄이 한 줄로 세운 후 스테판은 마지막 설명을 했다.

"1만 2천 년 정도 전에 농경을 시작한 이래 인류의 수는 착실히 증가해왔습니다. 또 산업혁명이 일어난 후로는 인구가 폭발적으로 늘었지요. 하지만 그것은 최근 200년에서 300년 사이에 일어난 일들에 지나지 않습니다. 모두 떠올려봅시다. 여기에서는 1미터가 100만 년이니까 1천 년에 1밀리미터. 그렇다면 농경을 시작한 이래 지금까지는 12밀리미터, 산업혁명 이후는 0.2에서 0.3밀리미터에 해당하지요. 그토록 짧은 기간에 우리가 오늘 걸어온 멀고 먼 시간동안 만들어지고 쌓아올린 것의 대부분을 다 쓰거나 혹은 파괴해왔습니다……"

그리고 마지막으로 아주 냉정하게 "어떻게 생각하나요?"라고 짧게 덧붙였다. 잠깐의 침묵이 흘렀다. 스테판의 "그토록 짧은 기간에……"라는 말을 각자 마음속으로 되새기고 있음이 틀림없었다.

그토록 짧은 기간에 거대한 변화를 일으킨 인류. 그 파괴성에 절망할 수도 있고 창조적인 가능성에 희망을 품을 수도 있다. 지금까지의 '짧은 기간에' 일어났던 일들 때문에 인류에게 남겨진 시간은 한층 더 짧아졌을 것이다. 하지만 그 짧은 기간 동안 만일 인류가 파괴적인 에너지를 창조와 사랑과 치유의 활력으로 전환할 수 있다면 기적이 일어날지 모른다.

그날 밤에도 나와 학생들은 대학 내에 있는 바에 모였다. 슈마허 대학에는 자체적으로 운영하는 바가 있다. 마실 것은 와인과 맥주이고 바텐더는 자원봉사자가 교대로 근무한다.

첫날 오리엔데이션에서 이 바의 존재를 알고 남학생들은 얼마나 기뻐했는지 모른다. 하지만 나는 첫날부터 술을 마시러 간다는 게 왠지 꺼려져서 그냥 방에 있었다. 그런데 한 남학생이 찾아와 호들갑스럽게 말했다.

"선생님, 바에 사티쉬 선생님이 오셨어요!!"

웬일인가 싶어 나 역시 바로 갔다. 그날 이후 나는 매일 밤 바에 출근도장을 찍게 되었다. 사실 사티쉬 역시 하루도 빠짐없이 바에서 와인잔을 기울이며 젊은이들과 담소를 나누었던 것이다. 놀랄 일도 아니다. 사티쉬는 우리에게 무턱대고 금욕생활을 강요하지 않는다.

오히려 인생을 더욱 즐겁게 하려는 지혜를 배우는 곳이 슈마허 대학이다. 사티쉬 자신도 맛있는 술을 조금은 즐긴다. 음악도 좋아하고 춤도 좋아한다. 사티쉬를 보면 이 사람이야말로 누구보다 인생을 즐기고 있다는 생각이 절로 든다.

넷째 날 취직하지 않고 사는 법

새로운 세계관을 만들어가는 프로젝트

넷째 날의 프로그램은 '에덴 프로젝트'를 견학하는 것부터 시작했다. 사티쉬와 함께 버스에 올라탄 학생들은 소풍이라도 가는 양 들떠 있었다. 날씨도 그야말로 소풍 가기에 그만이었다.

에덴 프로젝트는 슈마허 대학에서 버스로 1시간 반 정도 떨어진, 데본 주에 인접한 콘월 주에 있다. 동명의 NPO법인이 운영하는 환경교육을 목적으로 만들어진 거대복합시설인데 광대한 부지 전체가 식물원이다. 또 원내에는 지구환경과 기후 등에 대해 배울 수 있는 여러 가지 시설이 마련되어 있다.

종합프로듀서인 팀 슈미트는 사티쉬의 친구이기도 하다. 그는 프로젝트의 취지를 이렇게 설명했다.

"우리는 에덴 프로젝트를 '재생'의 상징으로 만들고 싶습니다. 다시 말하면 지금까지의 지속 불가능한 사회적 가치관을 대신할 수 있는 새로운 문화가 탄생할 터전으로 만들고 싶어요. 즉 에덴 프로젝트의 궁극적인 목적은 지금까지와는 다른 새로운 '세계관'을 만드는 겁니다."

그가 말한 '재생'이라는 말의 배경에는 이런 사정이 있었다. 한때 이곳은 카오리나이트(고령석)라는 광물을 채굴하던 곳이었는데, 광물이 바닥나자 불모지가 되어 버려졌다. 그러던 중 2000년에 영국 정부가 이처럼 황폐해진 토지를 다시 이용할 사업을 민간에서 모집하기 시작했고, 채용된 사업은 자금을 지원해주는 일명 '밀레니엄 프로젝트'를 추진했다. 그 모집에서 채용된 것이 팀 슈미트의 '사막화된 토지를 식물원으로 바꿔 환경교육의 현장으로 만든다'는 아이디어였다. 이 아이디어는 멋지게 들어맞았다. 지금은 녹색 창연한 이곳에 수많은 관광객이 찾아오고 종종 학교에서 연수를 오기도 한다.

여러 개의 거대한 돔 형식 온실에서는 각각 열대, 아열대, 사막, 습지 등의 기후와 식물생태가 사실적으로 재현되고 있다. 에덴 프로젝트를 돌아보노라면 지구 전체를 체험하고 있는 기분이다.

그뿐만 아니라 이곳은 관광시설이기도 하다. 열대 구역에 냉방완비의 휴게실이 있다는 사실에는 실소를 금할 수 없었다. 그런가 하면 '10초마다 이 돔과 같은 규모의 삼림이 세계 곳곳에서 채벌되고 있습니다'라는 메시지를 담은 간판이 여기저기 세워져 있는 것을 보았을 때는 가슴이 쿵 내려앉는 기분이었다. 버려진 가전제품으로 만든 인형 등도 환경문제를 생각하게 하는 좋은 도구다. 괴물 같은 거대한 작품이 소비주의의 말로를 실감하게 하는 것 같아 가슴이 아팠다.

에덴 프로젝트의 '쓰레기 괴물'

그루지야 여성이 준 찻잎의 의미

에덴 프로젝트에서 돌아오는 길, 카페에 들러 애프터눈 티를 즐겼다. '애프터눈 티'라는 영국만의 풍습을 학생들이 체험하도록 해주고 싶었던 사티쉬는 어떤 가게가 좋을지 운전기사에게 물었다. 그렇게 하여 도착한 곳은 쇼핑몰 안쪽에 있는 가게였는데, 사티쉬의 바람과는 거리가 먼 곳인 모양이었다. 스콘에 발라먹는 크림과 잼이 모두 작은 플라스틱 용기에 든 공업제품이라는 사실에는 사티쉬도 할 말을 잃고 말았다.

하지만 학생들은 사티쉬와 함께 테이블을 마주하고 앉아 홍차를 마시고 스콘을 먹는다는 사실이 좋기만 한가보다. 나 역시 그처럼 한가로운 한때가 묘하게 의미심장하고 가슴 벅찬 순간처럼 느껴졌다.

'차' 하면 사티쉬가 들려준 한 가지 에피소드가 생각난다. 그것은 젊은 날 평화순례여행 때의 일이다. 그 여행에서 가장 마음에 들었던 나라는 어디였는가? 라는 질문에 그는 이렇게 대답했다.

"가장 먼저 아프가니스탄. 당시 아프가니스탄은 그렇게 아름다울 수가 없었다. 사람들의 생활은 간소하고 모든 것이 순수했다. 강도 산도 숲도 오염되지 않았고, 무엇보다 따뜻하게 맞아주던 그곳 사람들의 인정이 잊혀지지 않는다. 다음으로, 당시에는 소련의 일부였던 지금의 그루지야도 인상적이었다."

흑해에 접해있는 그루지야의 한 마을을 걷고 있을 때 일이다. 그곳에서 만난 여성에게 돈 한 푼 없이 평화를 위해 걷고 있다는 사실을 적은 전단지를 건넸다. 그것을 본 그녀는 깊은 관심을 보이며 이야기를 더 듣고 싶다면서 자신의 작업장으로 사티쉬와 친구를 초대했다.

어디를 가든 가장 먼저 차를 대접해준다. 차는 거의 모든 세계의 공통언어라 할 수 있을 것이다. 그때도 차를 대접받아 마시면서 이야기를 나눴는데, 그때 문득 그녀가 무슨 생각이 났는지 자리에서 벌떡 일어나 어딘가로 갔다. 그리곤 잠시 후 네 봉지의 찻잎을 가지고 돌아왔다. 그리고 이렇게 말했다.

"한 봉지는 우리나라(소련) 서기장님께, 나머지 세 봉지는 앞으로 당신이 방문할 핵무기 보유국의 대통령이나 총리에게 전해주세요. 난 이 찻잎으로 그들에게 메시지를 전하고 싶어요."

"그 메시지란 게 뭡니까?"

사티쉬가 묻자 그녀는 대답했다.

"만일 나쁜 생각이 들면, 그래서 핵무기 버튼을 누를 위기가 닥치면 그 전에 먼저 이 맛있는 차를 한 잔 마시라고요. 그것이 제 메시지입니다."

차를 마시면, 문득 정신을 차리고 지금 자신이 하려는 일을 차분하게 돌이켜볼 수 있다. 자신이 죽이려고 하는 것이 적의 군대만은 아니라는 것. 남녀노소 할 것 없이, 또 모든 동물과 숲 그리고 대지까지 파괴하려 한다는 사실을 깨닫게 될 것이라고 그녀는 말했다.

사티쉬는 핵보유국의 국가 원수들에게 차를 전달할 것을 약속했고 실제로 그렇게 했다고 한다. 나쁜 생각이 들면 먼저 차를 한 잔 마셔라 …… 참으로 훌륭한 메시지가 아닌가.

고용되다 = 노예가 되다

대학으로 돌아와 저녁식사를 마친 후 우리는 다시 사티쉬와 토론시간을 이어갔다. 슈마허 대학에서 생활한 지 어느덧 나흘째, 분위기에 익숙해진 학생들은 이제 스스럼없이 질문을 했다.

이날의 중심 테마는 많은 학생들에게 최대 관심사인 '직업'이었다. 대부분 3학년인지라 돌아가면 취업활동은 이제 코앞에 닥친 일. 그런 만큼 직업에 대해서 특히 사티쉬에게 물어보고 싶었을 것이다. 한 친구가 먼저 질문을 했다.

"저희 나라에서는 대학 3학년이 되면 가을부터 취업활동을 시작합니다. 우리는 직업이란 걸 어떻게 생각해야 할까요? 가르쳐주세요."

그때 사티쉬가 한 대답은 큰 충격으로 다가왔다.

"여러분은 고용되기를 원하지 마십시오"

학생들은 잠시 멍한 표정으로 사티쉬를 바라보았다. 고용되기 위한 취업활동을 목전에 둔 학생들에게 고용되기를 원하지 말라니?

하지만 학생들은 반발하지 않았다. 질문에 대답할 때 사티쉬는 반드시 질문한 사람의 눈을 지그시 바라보며 말하는데, 그 눈빛에서 뭐라 말할 수 없는 설득력이 담겨 있을 것이 틀림없다. 상대방은 틀림없이 '사티쉬는 부모 심정으로 내 일을 걱정해주고 있다'고 느낄 것이다. 그러니 반발할 여지가 없는 것은 당연하다. 사티쉬는 말했다.

"고용된다는 것은 무엇을 의미할까요? 그것은 정중하게 취급받는 노예가 된다는 게 아닐까요? 반대로 고용한다는 것은 기업이 여러분을 산다는 의미입니다. 기업에 고용된 사람은 그 기업이 요구하는 일을 강요당하지요. 강요당하는 일을 좋아서 할 리 없고, 그럼 또 일에서 의미와 보람을 찾는 것 역시 어려워집니다. 그리고 하기 싫은 일도 해야 하고요." 그럼 어떻게 해야 하는가? 사티쉬는 말한다.

"여러분이 대학을 나오면 고용되려고 할 것이 아니라 스스로 일을 만들어야 합니다."

인간은 모두 특별한 존재이고 한 사람 한 사람에게 독자적인 재능과 품격과 창조력이 있다. 그것을 살리기 위한 것이 직업(=일)이다. 그런 것들을 고용됨으로써 죽이길 원치 않는다. 이것이 사티쉬가 젊은 학생들에게 전한 메시지였다.

"고용된다는 것은, 재능이나 창조력 같은 자네의 인간성이 기업의 돈벌이를 위한 일종의 도구로 사용된다는 말이지. 그러므로 부모님께도 '나는 고용되고 싶지 않다. 나의 일을 만들겠다!'라는 결심을 분명히 밝힐 수 있어야 합니다. '일을 만든다는 것'은 자신이 하고자 하는 일에 적합한 사람이 되겠다는 뜻이지요."

슈마허의 『작은 것이 아름답다』에 나오는 직업론에 따르면 직업에는 세 가지 중요한 역할이 있다고 한다. 하나는 각자의 내부에 잠재되어 있는 가능성을 발휘하고 향상시킬 수 있는 장소를 제공할 것. 둘, 다른 사람과 함께 일하여 자기중심적인 껍질에서 벗어나도록 할 것. 셋째는 정상적인 생활에 필요한 물질과 서비스를 만들어낼 것.

앞의 두 가지는 현대의 고용에서 사라진 지 오래다. 세 번째 역시 얼마만큼의 직업이 '정상적인 생활에 필요한 물질과 서비스'를 생산하는 데 공헌하고 있는지, 왠지 자신이 없다.

언젠가 사티쉬는 '보다 좋은 사회'에 대해 이렇게 말한 적이 있다.

"우리가 풍요롭게 살기 위해서 필요한 것은 무엇인가? 노래, 춤, 시, 문학 그리고 축제라고 생각한다. 또한 공예나 예술을 훨씬 더 늘려야 한다. 그렇게 하면 '양'의 사회에서 '질'의 사회로 변해갈 것이다."

대학에서 인기가 있는 분야는 '비즈니스'다. 그리고 대부분의 학생이 비즈니스맨이 되고 싶어 한다. 하지만 사티쉬는 '도대체 사회가 얼마만큼의 비즈니스맨을 필요로 할 것인가?'라는 의구심을 버릴 수 없다. 사티쉬는 학생들에게 이렇게 말한다.

"어느 쪽이 더 좋은 사회인지 생각해보기 바랍니다. 하나는 많은 예술가와 시인 그리고 음악가들이 있고 비즈니스맨은 그만큼 없는 사회. 또 하나는 수많은 비즈니스맨이 있고 수많은 주식매매업자가 있고 수많은 공장이 있는, 그 대신 시인이니 예술가니 음악가는 거의 없는 사회. 나는 수공품이 있고 예술과 음악이 가득한 사회가 훨씬 더 좋다고 생각합니다. 그런 사회는 소박해 보일지는 모르지만, 빌딩이 즐비하고 수많은 자동차가 질주하고 비즈니스맨이 우글우글한 사회보다는 훨씬 풍요롭고 행복하지 않을까요?"

그런 사회를 만들기 위해서라도 고용을 추구할 것이 아니라 스스로 결정한 일을 창조해내는 것이 중요하다.

누구나 특별한 아티스트

어떤 회사에 들어가느냐가 아니라 내가 무엇을 하고 싶은가? 어떤 것에서 보람을 느끼는가? 그것을 끊임없이 자문하고 깨닫는 것이 사티쉬가 말하는 '일을 창조한다'는 의미가 아닐까. '취업활동=기업(조직)에 고용되는 것'이라고 생각하기 쉽지만 그렇지 않은 삶을 살아갈 수도 있다.

그러려면 두뇌만 단련해서는 충분하지 않다고 사티쉬는 말한다. 머리(Head)로 생각하고 마음(Heart)으로 느끼고 손(Hand)을 사용한다는 세 가지 H가 중요하다. 하지만 현대사회에서는 갈수록 머리만 강조하고 마음과 손을 경시하는 경향이 있다.

특히 지금 젊은 세대에게는 손이 중요하다고 사티쉬는 강조한다.

"손은 마법이며 기적이다. 내 손으로 이 세계를 변화시킬 수도 있다."

예를 들어 손을 쓰면 그저 그런 찰흙을 멋들어진 도자기로 바꿀 수 있다. 그렇고 그런 나무를 집으로 만드는 것도 손이다. 손을 써서 펜을 잡으면 마츠오 바쇼나 미야자와 겐지와 같은 시인이 되기도 한다. 종이와 물감이 있으면 피카소나 모네가 될 수도 있다. 인간의 손에는 그 정도로 무한한 가능성이 숨어있다는 얘기다.

"여러분 모두 잠재적인 아티스트입니다. 아티스트에게 고용은 필요 없습니다. 기업의 노예가 될 필요도 없습니다. 고용되어 조직의 일부가 되느냐, 아니면 둘도 없는 한 사람의 인간으로 자기가 자기의 고용주가 되느냐. 거기에 갈림길이 있습니다."

그렇다고 누구나가 아티스트가 될 만한 재능이 있는 건 아니지 않는가?……학생들 마음에 이런 의문이 일고 있다는 것을 꿰뚫어본 사티쉬는 쿠마라 스와미의 말을 인용했다.

"아티스트란 특별한 사람을 가리키는 말이 아니다. 모든 사람이 특별한 아티스트다."

사티쉬는 이 말을 특별히 강조했다. 개성은 저마다 다르다. 그런 만큼 누구나 자신만의 고유성이 있다. 그것은 예술가에게만 한하는 이야기가 아니다. 누구나 간디나 붓다나 그리스도처럼 될 가능성을 가지고 있다.

"지금은 작은 도토리일지라도 언젠가는 커다란 나무가 될 가능성이 있습니다. 한 알의 도토리가 언젠가 뜬금없이 나무라는 전혀 다른 성질의 것으로 변하는 건 아닙니다. 도토리는 도토리인 채로 이미 그 안에 거목을 품고 있습니다."

또한 사티쉬는 직업의 의미를 음미하듯 차분하게 설명했다.

"진정한 직업이란 스스로를 행복하고 충만하게 해주는 것입니다. 직업을 통해 돈을 벌었다고 해도 자신의 인생이 충족되지 못한다면 그것은 진정한 직업이라 할 수 없습니다."

직업의 목적은 돈이 아니다. 이것만 제대로 알고 있으면 자신이 해야 할 일을 반드시 찾게 될 것이다. 고용을 전제로 생각을 굴려서는 안 된다. 사티쉬는 바로 이 말을 하고 싶었던 것이리라.

다시 행복을 생각하다

이쯤에서 사티쉬가 생각하는 '행복'이란 어떤 것인지 소개하고자 한다. 몇 년 전 일본을 찾았던 사티쉬가 우연히 나에게 들려준 이야기다.

사티쉬에 따르면 힌두 세계에서 '행복'은 'SUKHA(스카)'로 표현되는 것이 일반적이다. 그 의미는 '고통의 부재'이다. 고통스러운 상태가 아닌 것, 그것이 곧 행복이라는 말이다. 그리고 스카는 '고통'이란 의미의 'DUKHA(두카)'라는 개념에 반대되는 말이다. 스카는 밝음, 두카는 어둠이라는 의미도 있다.

하지만 밝든 어둡든 그것은 특별한 것이 아니라 어디나 평범하게 있는 것이다. 태양은 항상 하늘에서 빛나고 있다. 밤에는 어둠이 찾아오지만 그것은 태양이 소멸했기 때문이 아니다. 그와 마찬가지로 스카는 항상 거기에 있다. 결코 사라지지 않는다. 그것이 눈에 보이느냐 아주 잠깐 보이지 않느냐의 차이일 뿐이다.

한편 미국을 비롯한 서양에는 '행복의 추구'라는 사고방식이 있다. 이는 미국의 독립선언에도 등장하는 표현이다. 행복은 추구하는 것이며 항상 행복을 추구하는 그 자세가 바로 행복을 가져다준다는 사고방식이 널리 공유되고 있다.

사티쉬의 말에 따르면, 이런 서양적인 사고방식에서는 행복이란 '항상 추구해야 하는 특별한 어떤 상황'으로 여긴다. 이것은 스카라는 사고방식과 대조적이다. 스카는 추구하는 대상이 아니라 어디에나 있는 일상적이며 자연적인 상태다. 그것은 언제나 거기에 있다.

그런 사티쉬의 이야기를 듣고 나는 이렇게 말했다. Happiness가 밖에서 구하는 것이라면 스카는 마음속에 있는 것이라 할 수 있지 않겠는가? 그리고 에도시대의 의사이면서 사상가였던 미우라 바이엔(三浦梅園)의 유명한 말을 소개했다.

"시든 나무에 꽃이 피는 것을 보고 놀라기보다, 살아있는 나무에 꽃이 피는 것을 보고 놀라야 한다.(사람은 모두 시든 나무에 꽃이 피면 기적이라고 놀라는데 진짜 놀라운 것은 살아있는 나무에 꽃이 핀다는 자연의 당연한 모습이다. 그것이야말로 기적이 아니고 무엇이겠는 가!)"

사티쉬는 고개를 끄덕이며 이렇게 말했다.

"틱낫한(Thich Nhat Hanh, 베트남 출신의 승려로 평화운동가이자 시인)도 비슷한 이야기를 한 적이 있습니다. '물 위를 걷는 것이 기적이 아니다. 이렇게 우리가 대지 위를 걷고 있는 것이 기적이다' 라고.

복제양이 한 마리 태어났다고 사람들은 난리법석이지요. 그러면서 몇 백만 마리의 양이 현재 살고 있다는 기적을 사람들은 깨닫지 못합니다. 바꿔 말하면 나무는 한 톨의 씨앗 속에 있다는 말이지요. 어디 다른 곳에서 찾을 필요는 없습니다."

사람이, 동물이, 혹은 나무가 그곳에 있고 생명을 영위하고 있다는 기적. 그것이야말로 행복이 아니고 무엇일까. 특별하진 않지만, 그렇기 때문에 거기에 행복이 있다. 그것과 자기 자신을 존중하는 것은 같은 것이라고 사티쉬는 말한다. 모든 것은 바로 내 안에 있다. 행복은 지금 거기에 있다. 즉 내 안에. 그리고 그것을 발견하는 것도 역시 나 자신이다.

일은 곧 놀이, 놀이는 곧 일이다

사티쉬와 토론은 계속 이어졌다. "일과 놀이에 명확한 구별은 없습니다."

토론시간 풍경

66

정말 그렇다. 이게 없으면 저게 없으면, 혹은 이걸 안하면 저걸 안하
면 살아갈 수 없다고 사회는 우리를 위협한다. 하지만 사티쉬의 말처
럼 살아가기 위해 필요한 것은 한정되어 있다. 살아가기 위해서 컴퓨
터나 텔레비전이나 자동차가 정말 필요한가? 그런 것들 때문에 죽어
라 일하지 않게 된다면 인간에게는 아직 충분한 시간이 남아있다

99

일은 자신의 인생을 행복하고 충만하게 만들기 위한 것. 그런 의미에서 볼 때 놀이와 같다. 그렇게 생각하면 일이 고통스럽고 두려운 것이라는 생각도 사라진다. 그래서 사티쉬는 말한다.

"일은 곧 놀이이고, 놀이는 곧 일입니다. 다만 ……"

그는 검지를 세우고 약간 눈썹을 찌푸리며 엄중한 표정을 지어보이며 말을 이어갔다.

"행복하고 충만한 생활을 보내려면 반드시 필요한 것이 있습니다."

"……" 짧은 침묵이 흐른 뒤 그는 덧붙였다.

"그것은 자신에 대한 자신감과 신뢰입니다."

다시 온화한 얼굴로 돌아온 사티쉬가 말했다.

"누구도 평범한 인간은 아닙니다. 모두 보통 이상의 특별한 인간이지요. 하나하나의 도토리가 모두 커다란 나무가 될 가능성을 가지고 있습니다. 그 사실을 여러분은 믿어야 합니다."

통역을 하는 동안 내 안에서 뜨거운 뭔가가 솟구쳤다. 사티쉬는 곧 이어 말했다.

"자신의 가능성을 믿어야 합니다. 자신을 믿고 자기가 하고 싶은 일을 하면 마치 노는 것처럼 일할 수 있습니다. 반면 스스로에게 자신 감이 없으면 기업의 고용을 따르게 됩니다. 자기가 아닌 밖에서 의지할 곳을 찾으려고 합니다 …… "

정말 그렇다. 하지만 젊은이들 중에는 '내가 정말 하고 싶은 일이 뭔지 몰라서 죽겠다'고 말하는 사람도 있을 것이다. 그럴 때도 사티쉬의 말을 돌이켜 생각할 일이다. 자신을 행복하게 해줄 수 있는 일, 충만한 느낌이 들게 해주는 일을 찾는 것이다.

과연 자신을 행복하고 충만한 존재로 만든다는 것은 어떤 의미인가? 사티쉬가 말했다.

"자연에 그리고 타인에게 좋은 일을 하는 것. 다른 존재를 행복하게 하면 자기 자신도 행복해질 수 있습니다."

시를 짓는 사람도 있다. 그림을 그리는 사람도, 집을 짓는 사람도, 쌀을 재배하고 수확하는 사람도 있다. 이처럼 여러 가지 방법으로 다른 사람을 행복하게 할 수 있다. 어떤 방법이라도 좋다.

"어떻게 다른 사람을 행복하게 할 수 있을까를 각자 생각하고 실천할 일입니다. 하지만 여러분, 결코 자신을 과소평가해서는 안 됩니다. 자신은 멋진 존재이고 훌륭한 일로 다른 사람을 행복하게 할 수 있다는 사실을 항상 기억하기 바랍니다."

예컨대 농가에서 과일을 키운다. 그것은 아주 훌륭한 일이다. 왜냐하면 과일을 먹는 사람이 행복해지니까. 그리고 그 때문에 자신도 행복해지니까. 사티쉬는 이렇게 정리했다.

"뭔가를 만든다는 것은 아주 멋진 일입니다. 그러므로 여러분 자신도 먼저 일을 만들기 바랍니다. 그것이 질문에 대한 나의 대답입니다."

머잖아 닥쳐올 자신들의 장래에 대한 이야기인 만큼 학생들은 사티쉬의 얼굴을 뚫어져라 쳐다보며 이야기를 듣고 있었다. 다음으로 질문한 학생은 사티쉬의 이야기를 눈물이 날 만큼 감동적으로 들었다는 하츠코다.

"그렇지만 내가 어떤 일을 할 수 있을지, 또 그것으로 실제로 생계를 꾸려나갈 수 있을지 불안은 여전히 남습니다."

당연한 이야기다.

"그래, 자네의 기분은 충분히 이해하네."

'고용을 추구하지 않고 일을 만든다'는 것이 결코 쉬운 일이 아니라는 것은 사티쉬도 잘 알고 있었다. 사티쉬는 한 차례 심호흡을 한 다음 이야기를 시작했다.

"먼저 자신감을 가져야 합니다. 내가 하고 싶은 일을 하면서 살아갈 수 있다는 믿음을 가져야 합니다. 이때 중요한 것은 내가 무엇을 하고 싶은가를 찾는 것이지요. 앞서도 말했듯이 다른 사람을 행복하게 하기 위해 나는 무엇을 할 수 있는가를 생각하기 바랍니다. 그리고 그러려면 무엇을 배워야 하는지 알아야 합니다. 거기에 열정과 에너지를 쏟고 열심히 배우면 눈에 띄게 발전할 것입니다. 도토리가 나무로 성장하는 것과 같지요.

하지만 그 와중에 간단하고 쉬운 답을 얻으려고 해서는 안 됩니다. 곤란, 좌절, 실패는 물론 대환영입니다. 실수도 하고 먼 길을 빙 돌아가기도 하고 한때 방황을 해도 좋습니다. 이 모든 것이 여러분을 성장하게 해줄 것입니다. 실패를 통해 배우며 더욱더 좋고 강한 사람으로 자랄 수 있습니다. 그러려면 자신에 대한 믿음이 필요합니다. 결코 불안해 할 것 없습니다. 여러분의 부모님과 친구들, 그리고 나와 나무, 꽃들마저도 반드시 여러분을 도와줄 것입니다."

그러면서 사티쉬는 저 유명한 고흐의 그림 「해바라기」도 해바라기가 도와줬기 때문이라고 말했다.

"걱정할 것 없습니다. 산다는 게 그렇게 어렵고 힘든 건 아니니까요. 고흐의 해바라기처럼 반드시 누군가가 혹은 뭔가가 필요한 때에 여러분을 도와주러 올 것입니다."

정말 그렇다. 이게 없으면 저게 없으면, 혹은 이걸 안하면 저걸 안하면 살아갈 수 없다고 사회는 우리를 위협한다. 하지만 사티쉬의 말처럼 살아가기 위해 필요한 것은 한정되어 있다. 살아가기 위해서 컴퓨터나 텔레비전이나 자동차가 정말 필요한가? 그런 것들 때문에 죽어라 일하지 않게 된다면 인간에게는 아직 충분한 시간이 남아있다.

"그러므로!" 사티쉬가 말했다. "무엇보다 먼저 정말 하고 싶은 일을, 정말 해야 할 일을 하기 바랍니다. 그럼 반드시 누군가가 도와줄 것입니다." 그리고 그는 이렇게 덧붙였다.

"만일 컴퓨터나 텔레비전이나 자동차가 살아가는 데 꼭 필요해지면 반드시 갖게 될 것입니다. 그러니 걱정하지 마시라."

화장실 청소와 셰익스피어

사티쉬는 몇 번이고 '자신을 가져라' '걱정하지 마라'고 강조했다. 그리고 사실 여러분 걱정의 원천은 현재 교육시스템에 있다고도 말했다. 조직에 고용되지 않으면 살아갈 수 없는 게 아닐까 하는 불안과 공포를 바로 교육이 심어주었다는 것이다. 그에 대해 사티쉬는 단호하게 말한다.

"하지만 그것은 당치않은 불안이고 근거 없는 공포에 지나지 않습니다." 그때 손을 든 학생이 마시였다.

"그럼 본연의 교육이란 어떤 것이어야 합니까?"

사티쉬는 먼저 '교육'이라는 말의 어원을 설명했다.

"교육(education)의 어원은 educare, 즉 '끄집어내다'는 의미의 라틴어입니다. 아이들은 그 무엇인가 될 수 있는 가능성을 품고 있습니다. 작가, 음악가, 시인, 예술가, 교사, 농민…… 어떤 직업을 갖든 그들은 훌륭한 사람이 될 소질이 있습니다. 교사는 단지 그 가능성과 소질을 끄집어내기만 하면 됩니다."

하지만 지금의 교육은 그것을 할 수 없게 된 지 오래라고 사티쉬는 말한다. 학교는 아이들을 마치 텅 빈 양동이 같은 존재로 간주한다. 그리고 그 양동이에 지식만을 죽어라 채워 넣고 있다.

"하지만 그럴 필요가 전혀 없습니다. '아이'라는 양동이는 이미 가능성으로 가득 차있으니까요."

사과씨는 이미 사과나무와 사과열매가 될 가능성으로 가득 차있다. 당연한 일이다. 그러므로 농민이 할 일은 사과씨가 싹을 틔우고 무럭무럭 자라도록 흙을 덮어주고 물을 주고 울타리를 쳐주는 일뿐이다.

"물론 사과가 사과가 되려는 '교육' 같은 건 필요 없겠지요?"

사티쉬의 말에 모두 한바탕 웃음을 터트렸다. 사티쉬가 덧붙였다.

"인간 역시 마찬가지입니다."

그의 말에 따르면 사과는 인간이 '키우는 것'이라 할 수도 없다. 그것은 '자라는 것'이며 자신의 가능성을 발현해갈 뿐이다.

질문은 계속되었다. 이번에는 카요가 가정교육과 학교교육의 차이를 물었다.

사티쉬는 가정과 학교는 별개의 것이 아니라고 말한다. 하물며 상반되는 것은 더더욱 아니다. 상반은커녕 가정교육과 학교교육은 상호보완적인 관계에 있다.

사티쉬가 살고 있는 마을에 설립한 '작은학교'에서 언젠가 이런 말을 한 적이 있다고 한다. "부엌도 우리의 교실이다."

'작은학교'에서는 학생 전원이 정원을 가꾸고 요리를 배우며 그 뒷정리도 스스로 한다. 그리고 그들은 집에 돌아가면 같은 일을 하며 부모님을 돕는다. 거기에 바로 '참다운 배움'이 있다고 사티쉬는 말한다. 즉, 가정교육과 학교교육이 일체가 되있을 때 비로소 신성한 교육이 된다는 말이다.

사티쉬는 부모님들께 이렇게 말했다.

"이 학교에서는 셰익스피어나 다윈을 배우기 전에 화장실 청소와 정원 가꾸기를 배웁니다. 그렇기 때문에 셰익스피어와 다윈을 쉽게 이해할 수 있는 겁니다." 또 이렇게도 말했다.

"셰익스피어를 가르치고는 있습니다만, 학교에서 가르치는 것만으로는 부족합니다. 가정에서도 꼭 셰익스피어를 가르쳐주시기 바랍니다."

부모와 학교는 항상 긴밀한 대화를 나누고 협력하여 교육이라는 프로세스를 완성시켜가고 있는 것이다.

그러기 위해서라도 '학교는 작아야 한다'고 사티쉬는 말한다. 학생이 천 명이나 되는 학교에서는 결국 머리만 교육하게 된다.

학교가 작으면 가족이 학교에 와서 선생님과 느긋하게 대화를 나눌 수도 있다. 선생님이 어떤 사람인지도 알 수 있다. 학교와 가정이 따로따로라면 아이들은 집에서 배운 것과 학교에서 배운 것 사이에서 혼동하고 말 것이다. 그런 의미에서라도 가정 교육과 학교교육은 융합되어야 한다. 그러기 위해서는 작은 학교가 훨씬 효과적이라고 사티쉬는 또 한 번 강조한다.

사티쉬가 제창한 교육의 공식 E=4H를 다시 한 번 떠올려보자. E는 교육(Education)의 머리글자. 4H는 Head(머리), Heart(마음), Hand(손과 몸 전체) 그리고 Home(가정)이다.

알맹이가 꽉 찬 긴 하루의 끝에 파티가 기다리고 있었다. 사티쉬가 주최한 음악과 시가 있는 저녁이었다. 사티쉬는 정말 파티를 좋아한다!

사티쉬가 초대한 인도인 음악가 두 명은 인도의 전통음악을 연주했다. 역시 사티쉬가 초대한 젊은 시인 마틴 하우스가 자작시를 낭독했다. 사티쉬는 마틴의 열렬한 팬으로 특히 그의 「새로운 세계를 만들자」라는 시에 심취해 있다고 했다. 우리는 잘 알아듣지는 못했지만 여학생들은 잘생긴 젊은 시인에게 홀딱 반한 모양으로 사티쉬와 함께 감탄스런 함성을 질러댔다.

다섯째 날 내 안에 잠들어 있는 능력

물을 보고 인생을 배우다

여러 번 말했듯이 슈마허 대학에는 실내 수업과 함께 실외수업 역시 여럿 마련해두고 있다. 자연을 느끼고 자연과 대화하기. 그것을 통해 얻는 것은 참으로 크다. 그것은 사티쉬가 항상 말하는 '자연을 배우는 것이 아니라 자연에서 배운다'와도 상통한다.

닷새째를 맞는 첫 수업은 사티쉬의 제안으로 하게 된 '산책'이다. 대학 뒤쪽으로 난 산책로를 따라 걸으며 하는, 그야말로 사티쉬만의 독특한 수업이다.

좁은 산책로를 사티쉬와 함께 걸었다. 잡목림을 빠져나오자 길은 강가를 따라 계속되었다. 가끔 사티쉬가 멈춰 서서 이야기를 들려준다. 학생들은 동그랗게 둘러서서 귀를 귀울인다. 그것이 자연스럽게 수업이 된다. 그 순간 학생들은 자신들이 얼마나 학교와 교실에 얽매어 있었는지 새삼 깨닫는다.

강물 흐르는 소리가 들려온다. 발길을 재촉해 강이 보이는 곳에 다

다르자 사티쉬가 물었다.

"그런데 여러분, 이 물은 우리에게 어떤 것을 가르쳐주고 있을까?"

글쎄요……, 모두 생각에 잠기고 만다. 당황스럽기만 하다. 이런 질문은 지금까지 받아본 적이 없기 때문이다. 이윽고 마시가 말했다.

"흐른다는 것에 대해서……?"

사티쉬는 "고맙다, 중요한 포인트다"라고 대답했다. 그리고 잠깐 사이를 두고 천천히 온화하지만 힘이 느껴지는 목소리로 마치 시를 읊듯 이야기를 시작했다.

"그렇습니다. 쉬지 않고 움직인다는 것이 얼마나 중요한지 물은 가르쳐줍니다. 여러분도 알다시피 강물은 항상 흐르고 있지요. 그렇기 때문에 항상 아름답고 깨끗할 수 있습니다. 만일 한 곳에 오랜 기간 머무르게 되면 더러워지고 말 것입니다. 그처럼 우리도 인생을 살면서 물처럼 맑게 움직여야 합니다. 생각도 역시 물처럼 끊임없이 움직여서 항상 신선하게 유지해야 합니다."

이렇게 말한 사티쉬는 강물을 가리키며 말을 이었다.

"여러분은 앞으로 살면서 언제나 이 물의 움직임을 마음에 담아두기 바랍니다. 보세요, 물은 눈앞에 바위가 있어도 바위에 부딪치려 하지 않고 그 주위를 부드럽게 돌아서 흘러가지 않나요? 저 움직임을 통해 우리는 인생의 고난을 어떻게 헤쳐 나갈 것인가를 배울 수 있습니다. 그것이 물이 우리에게 보내는 메시지입니다."

물은 흐르면서 끊임없이 모양을 바꾼다. 우리도 그와 마찬가지로 우리 스스로를 바꿔갈 수 있다고 사티쉬는 강조한다.

"물은 얼음이 되면 고체. 녹으면 액체가 됩니다. 차가워질 수도 있고 뜨거워질 수도 있습니다. 끓는점이 넘으면 기체가 되죠. 인간도 마찬가지입니다. 자신을 바꾼다는 것을 두려워하면 안 됩니다. 오히려 언제든지 자신을 바꿀 수 있는 유연함을 갖도록 합시다."

항상 변할 수 있는 유연함. 그리고 그를 위한 마음가짐. 그것을 뒷받침 해주는 자신감과 용기. 그것이 사티쉬의 인생에 대한 자세이다. 한 가지 생각에만 얽매어 있으면 강물이 탁해지듯이 언젠가 인생도 탁해지고 말 것이다. 경우에 따라서 고체가 될 수도, 액체가 될 수도, 또 기체가 될 수도 있는 유연함이 있을 때 비로소 어떤 문제든 거뜬히 대처할 수 있게 된다. 그리고 자기 자신을 믿을 수 있을 때 비로소 항상 변화하면서도 자기 자신을 잃지 않는다.

부드러움과 강함

강을 따라 난 길을 또 한참 걸었다. 그리고 다시 사티쉬의 '물에 대한 수업'이 시작되었다. 이번 수업의 주제는 물이 가지고 있는 '기르는 힘'이다.

"물에는 식물, 동물, 물고기 등 여러 가지 생물을 기르는 힘이 있습니다. 어떤 생물이든 물 없이는 살 수 없지요. 그런 물에서 우리는 생명을 기르고 자연을 기르고 인간을 기르는 것을 배울 수 있습니다. 그러므로 '물처럼 산다'는 것은 단순히 계속 움직이기만 하는 것이 아니라 다른 무언가를 기르고 양육하는 역할을 짊어지고 사는 것이기도 합니다.

여러분도 알다시피 우리는 물 덕분에 살고 있습니다. 물이 우리를 기르고 있는 것이지요. 마찬가지로 부모는 자식을 기르고, 젊은이는 늙은이와 병든 자를 돌봅니다. 우리는 그렇게 생명을 지켜주고 키워야 합니다."

다음으로 사티쉬는 물이 갖는 이루 말할 수 없는 '강함'을 말해주었다.

"물과 바위, 어느 쪽이 더 강하다고 생각하지요?"

사티쉬가 묻자 몇 명인가가 힘찬 목소리로 "물이요!"라고 대답했다. 어떻게 알았냐는 듯 사티쉬는 활짝 웃었다.

"하지만 현대사회는 물보다 돌이나 철 그리고 플라스틱이 훨씬 더 강하다는 오해 속에 세워진 것처럼 보입니다."

나 역시 사티쉬의 말을 거들었다.

"석유, 원자력이 물보다 훨씬 더 가치가 있다는 착각 위에 말이죠."

사티쉬는 말한다.

"그렇죠, 그런 것들은 언뜻 보기에 강하고 에너지가 넘치는 것처럼 보이지만 물처럼 다른 것을 살게 하고 키우는 힘은 없습니다. 액체인 물은 부드럽고 정화력이 있기 때문에 우리는 얼굴만 아니라 눈을 씻을 수도 있습니다. 그러한 부드러운 강함뿐만 아니라 물방울이 결국에는 바위를 뚫을 정도의 격렬한 힘도 함께 있습니다."

그렇게 생각하면 표면적인 '강함'과 '약함'을 초월한 깊은 내면에 있는 진정한 의미의 '강함'과 '약함'이 보이게 된다.

"강함이란 경직되어 있는 고집스러움을 말하는 것이 아닙니다. 오히려 상냥하고 부드럽고 유연한 것이 진정한 의미의 강함이지요. 바위는 단단하고 무겁고 유연하지 않습니다. 한편 물은 부드럽고 유연하여 모양을 바꿀 수 있습니다. 어느 쪽이 더 강한가는 말할 것도 없지요. 그리고 어느 쪽과 같은 인생을 여러분이 지향해야 할 것인가도 명백합니다."

마치 마술처럼 사티쉬의 주머니에서는 물의 가르침이 그야말로 샘솟듯이 나왔다. 우리 모두 그것을 두근거리는 설렘으로 즐기고 있었다.

"선생님은 내가 아닙니다. 바로 물이지요. 물이야말로 우리의 선생님이십니다. 물은 항상 아래로 향해 흐릅니다. 즉 겸허합니다. 물은 쉬지 않고 우리의 목을 축여주면서도 절대 뽐내지 않습니다. '나를 마셔!'라고 강요하지 않고 감사를 요구하지도 않습니다. 대가를 바라지도 않고요. 이야말로 진정한 선생님이 아니고 무엇이겠습니까?"

사티쉬의 말을 들으면서 나는 감동했다. 잠시 잠깐 자연 속을 거닐면서 이렇게 많은 가르침을 얻을 수 있다니! 자연에는 현대사회를 살아가기 위한 힌트가 가득 차 있다. 그렇지만 한편으론 현대사회가 얼마나 인간과 자연을 소원하게 만들고 말았는가를 새삼 절감했다. 특히 일본의 현재를 생각하면 마음이 아프다.

사티쉬의 '산책강의'에는 물 말고도 다양한 이야기들이 있었다. 나무, 씨앗, 지렁이, 도토리, 새, 빛과 그림자 …… 자연 속의 모든 것이 가르침이 될 수 있음을 보여주었다.

도중에 수많은 도토리가 열린 커다란 떡갈나무를 발견했는데, 사티쉬는 주저하지 않고 다가가 그 나무를 꼭 끌어안았다. 나도 그를 따라했다. 그러자 한 사람 또 한 사람 뒤를 잇더니 결국 학생 전원이 나무와 포옹! 나무도 깜짝 놀랐을 것이다.

전날 토론에서 사티쉬가 학생들을 도토리에 비유하며 '지금은 도토리에 불과하지만 언젠가는 커다란 나무가 될 것'이라 했던 그 떡갈나무다. 그 뒤로 학생들 사이에서는 나무와 포옹하는 것이 유행이 되었다.

물론 학생들이 마냥 들떠있기만 한 건 아니었다. 개중에는 복잡한 생각에 심각했던 학생도 있었던 모양이다. 귀국 후 작성한 여행기록에 미호는 이렇게 썼다.

"나는 솔직히 나무이름을 잘 모르기 때문에 '아이들은 스타벅스의 마크는 알아도 식물이름은 모른다'는 사티쉬 선생님의 말씀에 반성하지 않을 수 없었다."

이것은 결코 미호만의 감상은 아닐 것이다. 나 역시 귀가 따가웠다. 대도시의 수많은 로고나 마크를 알고 있는 것에 비하면 우리는 자연에 대해 아는 것이 너무 없다. 하지만 이날 학생들은 반성과 함께 한 가지 큰 지혜를 얻었다.

고흐는 행운아였나?

점심식사를 전후하여 부엌당번이 아닌 학생들은 잔디밭에서 공놀이를 하거나 요가를 하거나 춤을 추었다. 세계 각지에서 모인 석사과정 학생들과 스태프까지 친해져서 틈만 났다 하면 어울려 놀았다.

또 다시 사티쉬와 오후 토론시간을 시작했다. 맨 처음 질문한 사람은 켄타로였다. 전날 직업 이야기에 많은 감동을 받았던지 그는 사티쉬에게 이렇게 물었다.

"어제 선생님께서 '하고 싶은 일을 하라. 그것을 직업으로 삼아라'고 말씀하셨는데, 그건 좀 어려울 것 같아요. 하기 싫은 일을 해서라도 가족을 부양해야만 하는 사람들도 많으니까요. 고흐는 자기가 좋아하는 그림으로 성공했지만, 그건 다만 운이 좋았던 게 아닐까요?"

사티쉬의 대답은 명쾌했다.

"이건 직업뿐만 아니라 삶의 모든 경우에 해당하는 이야긴데, 우선은 두 가지 길이 있습니다. 하나는 간단해 보이는 길. 이 길은 다른 모든 사람도 지나는 길이니만큼 나도 쉽게 지날 수 있을 것처럼 보이지요. 또 하나는 어렵고 힘든 길로 '도전'이라는 말이 어울릴 만한 길. 여러분은 어느 쪽 길을 택하겠어요?"

할 말을 찾지 못하고 멍하니 앉아있는 학생들 한 명 한 명의 얼굴을 돌아보면서 사티쉬는 이렇게 말했다.

"여러분은 어려운 길에 도전해보기 바랍니다. 고흐는 정말 운이 좋았는지도 모릅니다. 하지만 행운을 거머쥘 수 있는 것이 결코 고흐만은 아닐 것입니다."

그리고 뒤이어 이렇게 말했다.

"간단해 보이는 길은 너도나도 다들 가니까 간단해보일 뿐입니다.

만일 모두가 어려운 길을 선택한다면 어떻게 될까요? 그렇게 되면 고 흐뿐만 아니라 모두가 행운아가 될 수 있을지 모릅니다. 어려운 길이 란 단순히 그것을 선택한 사람이 적다는 것을 의미할 뿐입니다.

물론 모두가 행운아가 될 수 있을지 없을지는 모르지요. 하지만 어 려운 길을 선택한 사람이 많으면 많을수록 행운아도 많아질 것입니 다. 적어도 그렇게 생각한 순간부터 이미 여러분은 행운아입니다. 그 러므로 여러분의 시간 중 90%는 '내가 할 수 있는 일은 무엇인가?'를 생각하는 데 쓰십시오. 그리고 '다른 사람이 무엇을 하고 있는가?'에 대한 생각은 그 나머지인 10%면 충분합니다."

모름지기 어려운 길의 '어려움'이란 무엇인가? 그 길이 어려워 보이는 것은 그 길에 첫 발을 내딛기 전까지의 일이라고 사티쉬는 말한다.

"아무리 어려워 보이는 길도 막상 첫발을 내딛고 나면 그다지 어렵 지 않다는 것을 알 수 있습니다."

역시 사티쉬다! 이 역시 세계를 도보로, 그것도 돈 한 푼 없이 여행한 경험에서 얻은 지혜이리라.

그는 순례를 돌이켜보며 이렇게 말했었다.

"그때 우리에겐 돈과 먹을 것만 없었던 게 아닙니다. 순례를 시작했을 당시에는 영어능력도 전혀 없었습니다. 자본주의권이 있으면 공산주의권도 있고, 새로운 나라도 있고 오랜 전통이 있는 나라도 있습니다. 그 다양한 나라와 지방을 걷는다는 건 어려워 보이는 게 당연합니다. 그런데 일단 걸음을 내딛고 나자 하나둘 순탄하게 나아가면서 생각지도 못했던 여러 가지 일이 우리에게 일어났습니다. 그리고 그 때문에 많은 도움을 받기도 했습니다."

사티쉬는 여행을 하면서 많은 사람들이 인간은 자기 안에 잠들어있는 능력을 모른다는 사실을 깨달았다고 한다. 곁에서 보면 언뜻 어려워 보이는 여행, '대체 어떻게 그럴 수가 있지?'라고 누구나 놀랄 법한 여행에서는 더더욱 잠들어있는 능력이 줄줄이 꽃을 피우게 되는 법이다.

'나는 이런 것도 할 수 있다!'는 발견은 자기 자신도 깜짝 놀라게 한다. 그런 놀라운 발견을 선물해주는 것이 '어려운 길'이다.

"그러므로……" 사티쉬는 이렇게 정리했다.

"모른다는 사실을 두려워하지 마세요. 알고 있는 길만 선택하면 어떤 재미있는 일도 새로운 발견도 없습니다. 뭔가 새로운 것을 발견하고 싶다면, 그리고 새로운 자신을 발견하고 싶다면 모르는 길로 가볼 일입니다. 결코 두려워할 것 없습니다. 이것이 질문에 대한 나의 대답입니다."

다음 질문은 다시 마시가 했다. 역시 전날부터 얘기해온 '행복'에 대해서였다.

"슈마허 대학에 와서 '행복'에 대해 여러 가지 이야기를 들었습니다만, 또 한 가지 여쭤보고 싶은 게 있습니다. 현대사회에는 우리와 전혀 다른 사고방식을 가지고 있는 사람들이 많습니다. 소비사회, 자본주의사회에 만족하고 그런 것에서 행복을 느끼고 있는 사람들입니다. 그런 사람들에게 우리는 어떤 메시지를 전하고 어떤 영향을 미쳐야 할까요?"

말하자면 '나만의 행복'이 가능하겠는가 하는 질문이다. 사티쉬는 마시를 지그시 바라보며 말했다.

"만일 자네의 행복이 자연의 희생으로 얻어진 거라면 그것은 오래 가지 못할 것이네. 혹은 타인의 불행을 대가로 하여 얻어진 행복이라면 역시 길게 가지 못하지.

예를 들어 여러분이 지금 입고 있는 멋들어진 재킷을 만일 싸게 살 수 있다면 그에 대해 일종의 쾌락과 고양감을 느낄지도 모릅니다. 하지만 그 재킷은 베트남이나 방글라데시의 아이들을 노예처럼 부려서 만든 것인지도 모릅니다. 그들의 비참한 생활을 생각하면 도무지 기뻐만 할 수 없는 일이지요.

멋진 옷을 싸게 샀다 하더라도 그 기쁨은 한순간에 지나지 않습니다. 그리고 한순간이나마 그러한 기쁨을 느낄 수 있는 것은 단지 '무지' 때문이지요. 물론 그것이 행복이라고 말하는 사람도 있겠지만 어디까지나 그것은 무지에 근거한 행복일 뿐입니다."

그리고 사티쉬는 덧붙였다.

"여러분은 부디 제대로 된 의식과 지식에 근거한 행복을 느끼기 바랍니다."

이 이야기를 들으면서 나는 인생에 고난을 초래하는 세 가지 근원 중 하나가 무지라는 불교의 가르침을 떠올렸다.

사티쉬는 예를 들어 설명했다.

"패스트푸드점의 햄버거가 맛있다고 느끼는 그런 행복도 있을 수 있습니다. 하지만 그 햄버거는 원주민을 쫓아내고 삼림을 채벌하고 소들을 좁디좁은 곳으로 몰아넣은 결과 만들어진 것인지도 모르지요. 진정한 행복이란 모든 존재의 행복과 '뿌리'로 연결되어 있습니다. 그러므로 뭔가의 희생을 전제로 성립한 행복은 진정한 행복이라 할 수 없습니다."

나는 rooted(뿌리를 가지고 있다)나 connected(이어져있다)라는 말을 통역하면서 행복의 틀은 혼자가 아니라 사람과 사람, 사람과 사물이 고리처럼 연결되어 뿌리내려 만들어진다는 생각을 했다.

부모와 자식

이번 토론에서 나와 사티쉬는 학생들에게 한 가지 제안을 했다. 그것은 '개인적인 일에 대한 질문도 거침없이 해달라'는 것이었다. 그런데도 좀처럼 그럴듯한 질문이 나오지 않자 나는 천연덕스럽게 한 학생의 등을 떠밀었다.

"가만 있자, 전에 누가 '부모님이 싫다'고 한 적 있었지? 그 질문을 해보면 어떨까?"

손을 든 사람은 신고였다.

"그건 옛날 일이고……지금은 좋아요."

쑥스럽게 웃는 신고를 향해 사티쉬가 말했다.

"부모와 자식의 관계는 아주 어려운 것이지. 부모에게 가장 어렵고 힘든 일은 아이를 놓아주고 독립시키는 것이라고 생각해요. 예컨대 새를 봅시다. 새끼 새들은 언젠가 둥지를 떠나야 할 때가 옵니다. 그

때 부모 새가 둥지에 잡아둔다면 새끼 새는 평생 넓은 하늘로 날아오르지 못하게 되지요. 어쩌면 날 수조차 없을지도 모릅니다."

부모자식 관계가 어려운 것은 대개 부모가 부모이기 어려운 것과 같은 말이라고 사티쉬는 생각한다. 많은 부모들이 언제든지 아이를 내 맘대로 조종하고 싶어 한다. 부모는 무슨 일이 있어도 부모가 원하는 인생을 자식이 살기를 바란다. 하지만 자식은 언젠가 독립하게 되고 그렇게 하지 않으면 자신의 인생을 확립할 수 없다. 자식을 '놓아주는 것'은 부모로서 가장 중요한 궁극의 역할일지 모른다.

사티쉬는 뒤이어 말했다.

"또 한 가지 부모로서 어려운 점은 자식의 실패를 축복할 수 있느냐입니다. 아이들은 실패를 통해서 뭔가를 배울 수 있습니다. 일어서려다 넘어지고, 처음에는 말도 제대로 못합니다. 몇 번이고 실패하고 다시 도전하면서 잘할 수 있게 되는 것이지요. 그런 과정을 기꺼이 지켜볼 수 있느냐 없느냐? 축복할 수 있느냐 없느냐? 그것이 부모의 과제가 아닐까요?"

아기가 처음 서기를 하고, 걸음마를 하고, '엄마!'라고 말하고, 부모는 그런 아이들의 성장을 지켜보며 일희일비한다. 그리고 다른 아이들과 항상 비교하면서 '우리 아이는 왜 이렇게 서는 게 늦지?' '언어발달은 이대로 괜찮을까?' 등 걱정이 태산이다. 그건 학교 공부도 마찬가지다.

그런데 문제는 그럴 때마다 부모는 아이가 실패하지 않도록 불쑥 손을 내민다는 것이다. 그것은 아마도 내 자식이 순탄하게 성장하길 바라는 마음에서겠지만, 그것은 실패할 절호의 기회……요컨대 성장의 기회를 싹둑 잘라버린 것과 같다.

다른 아이들과 비교할 필요는 없다. 아이들에게는 그 아이만의 성장의 길이 있고, 그 길을 걷는 속도는 저마다 다르기 때문이다. 아이의 실패를 걱정할 필요는 없다. 성장과정을 제대로 거치고 있다는 증거이기 때문이다. 그 과정을 지켜봐주고 축복해주는 것이야말로 부모의 할 일이라고 사티쉬는 말한다.

물론 자식에게도 역할이 있고 알아두어야 할 것들이 있다. 다음으로 사티쉬는 자식이 자식이기 어려운 점도 말해주었다.

"무슨 문제가 있을 때, 부모가 자식에게 무슨 말을 하더라도 그것은 자식을 위해서지요. 언뜻 듣기에는 너무 무섭고 심한 말일지라도 마음 깊은 곳에서는 아이의 행복을 바라고 있습니다. 물론 부모님이 고지식하다고 생각할 수도 있습니다. 하지만 그건 어쩔 수 없는 일입니다. 윗세대는 아무래도 고지식한 생각과 가치관에 사로잡힐 수밖에 없습니다. 그럴 때는 오늘 우리가 나눴던 물 이야기를 떠올리기 바랍니다.

물은 바위에 부딪치는 일 없이 그 주변을 부드럽고 유연하게 흘러가지 않던가요? 여러분도 물을 닮기 바랍니다. 부모님과 가치관의 차이로 부딪치지 말고 어떻게 하면 충돌을 피할 수 있을까를 생각하세요. 쉬운 일은 아니겠지만, 그것을 위한 지혜를 젊은 세대는 가져야 합니다. 그러기 위해서는 마음을 수련하는 것이 중요합니다."

발버둥치다 …… 언젠가 사티쉬는 이렇게 말한 적이 있다. '결코 분노와 증오를 지지하는 것은 아니다. 다만 인생을 살면서 일종의 싸움은 필요하다. 그 싸움을 통해 비로소 인간은 자유로울 수 있다. 싸움이란 결국 발버둥치는 것이 아니겠는가'

"부모와 자식의 가치관에 차이가 생겼을 때 충돌을 줄이는 것은 자식의 역할이지. 그러기 위해 많은 생각을 하게 될 텐데, 그것은 틀림없이 자신을 성장시켜 줄 것이야. 이것이 자네에게 해줄 수 있는 나의 충고라네."

사티쉬는 신고에게 의미심장한 미소를 보냈다.

종교란 본디 우물과도 같은 것

그때 또다시 마시가 손을 들었다. 그리고 어려운 길도 걷다보면 어렵지 않다는 사티쉬의 말에 대해 이런 의문을 했다.

"세계평화순례 때 이야기를 좀 더 들려주시면 좋겠어요. 세계에는 기독교 국가도 있고 이슬람교 국가도 있고, 자본주의 국가도 공산주의 국가도 있다고 말씀하셨잖아요. 그렇게 다양한 가치관을 가진 국가들을 선생님이 무사히 여행할 수 있었던 건 어떤 이유에설까 생각해 봤는데, 그건 어떤 종교에나 관용과 평화를 추구한다는 본질이 있기 때문이 아닐까 싶어요. 그런데 그런 본질적인 의미에서 같은 것을 추구하고 있을 종교가 왜 세계 각지에서 벌어지는 전쟁의 씨앗이 되어온 것일까요?"

이에 대해 사티쉬는 먼저 종교대립의 원인은 분명하다고 단언한 뒤 이야기를 시작했다.

"종교와 정치의 결탁, 그것이 대립을 낳았습니다. 그러므로 정확히 말하면 종교의 대립이라 할 수 없습니다. 권력과 부를 둘러싼 정치적인 대립이 종종 종교적인 베일을 둘러쓰는 것뿐이지요."

사티쉬에 따르면 팔레스타인과 이스라엘, 북아일랜드의 가톨릭과 프로테스탄트, 인도와 파키스탄 …… 종교대립이라고 불리는 것은 모두 정치적인 분쟁이며 권력을 둘러싼 분쟁이다. 얼핏 보면 종교들 간에 서로의 정당성을 둘러싸고 싸우는 것처럼 보일 뿐이라는 것이다.

"세상에는 분명 '자기들 종교가 다른 종교보다 우월하다'고 생각하는 사람들도 있습니다. 하지만 대부분의 사람들은 자신의 종교가 무엇이든 그것이 다른 종교와 비교해서 우월한지 아닌지는 별 관심이 없습니다. 물론 차이가 있다는 것을 알고는 있지만 그것을 비교해서 우월을 가리려고 생각하지 않습니다.

종교를 우열로 생각하려는 사람들은 자신이 그 종교 그룹에 속해있어서 일종의 이권을 획득하고 있기 때문이지요. 그게 바로 정치라는 것입니다."

종교란 본디 우물과 같은 것이라고 사티쉬는 말한다. 우물의 가치는 물에 있다. 물을 긷기 위해 우물은 존재한다. 그것은 어떤 장소에 있는 우물이든, 큰 우물이든 작은 우물이든 마찬가지다.

어떤 우물이든 그 안에 있는 것은 물이다. 중요한 것은 그 물로 인간이 살고 있다는 사실인데도 세상은 우물의 종류에만 연연해하는 것처럼 보인다고 사티쉬는 말한다. 콘크리트로 만든 우물이냐, 벽돌로 만든 우물이냐, 아니면 나무로 만든 것이냐를 확인한다. 혹은 둥근 모양인지 네모 모양인지를 따진다. 하지만 물은 어디서나 물이다. 그와 마찬가지로 종교의 기본은 같다.

"사랑과 자애, 정의, 평화, 조화. 이런 것들을 가르치는 것이 종교이고, 그것은 어떤 종교든 마찬가지입니다. 아니, 종교가 있건 없건 이것들을 위해 헌신하는 것이 우리의 의무지요. 그러므로 종교 때문에 싸우고 있는 사람들에게 우리는 이렇게 말해주어야 합니다.

'중요한 것은 물이다. 당신들은 우물의 모양이나 재질로 싸우고 있지만, 그것은 결코 좋은 결과를 가져오지 않는다. 물을 마시면 누구나 갈증을 해소하고 행복해질 수 있다. 그 물은 어떤 우물에 있건 같은 물이다'"

거기까지 말한 사티쉬는 시계를 보았다. 다음 프로그램인 '포레스트 가든 견학시간'이 다가온 모양이다. "그 전에 우리도 갈증을 해소하러 가볼까?" 라며 한바탕 웃고 나서, 다시 진지해진 얼굴로 마시에게 말했다.

"이것이 자네의 질문에 대한 나의 대답이네. 그리고 우물과 물의 메시지를 널리 전하는 것이 우리가 할 일이지."

이것으로 사티쉬와의 오후 토론은 끝이 났다. 나는 흡족한 기분이었지만 학생들 중에는 아직 아쉬움이 남았던 모양이다. 개인적인 질문을 하라는 나와 사티쉬의 제안을 듣고, 사실은 그러고 싶었지만 차마 손을 들지 못했던 학생들. 그들은 밤 토론시간에 자신들의 개인적인 질문을 그야말로 샘물처럼 쏟아냈다.

함께 공생하는 숲

오후 토론이 끝나고 우리가 사티쉬와 함께 찾아간 곳은 슈마허 대학 바로 옆에 있는 포레스트 가든이다. 생각해보면 '포레스트 가든'이란 참 모순적인 표현이다. 원래 가든(정원)과 포레스트(숲)는 의미상 상극인 말이다. 이 둘을 조합하면 어떤 것이 될까? 숲 같은 정원? 아니면 정원 같은 숲?

우리를 맞이해준 사람은 포레스트 가든에 들어온 지 17년이 된다는 마틴 크로포드. 온화한 미소와 조심성 있는 행동이 인상적인 신사였다. 사티쉬는 마치 자신의 가족이나 되는 양 뿌듯한 표정으로 친숙함을 담아 그를 우리에게 소개했다.

마틴은 원래 소프트웨어 기술자였는데 원예로 진로를 바꾼 뒤 철저한 조사와 연구를 통해 포레스트 가든이라는 참신한 농법을 만들어냈다. 그것이 지금 영국 안팎에서 지속가능한 농법으로 주목을 받고 있다. 마틴의 『Creating a Forest Gardening』이라는 책도 인기다. 현재는 영국 내에 있는 몇몇 포레스트 가든을 관리하면서 육묘(育苗), 기술제공, 강연, 집필 등 다양한 활동도 하고 있다.

마틴이 제창하고 실천한 포레스트 가든은 열대나 아열대 지역에서 지속가능한 농업으로 평가받고 널리 보급되고 있는 '아그로포레스트리(agro-forestry, 삼림농, 삼림농법, 삼림농업이라고도 함)'로 통한다. 아니, 온대지역에서의 삼림농의 획기적인 실현이라 해도 과언은 아닐 것이다.

마틴의 포레스트 가든도 다른 삼림농도 그 기본적인 이념은 같다.

함께 공생하는 숲

> **"**
>
> 다양성이라고 말은 쉽지만 단순히 종류가 다양하기만 해서는 안 됩니다. 키가 큰 놈에서 작은 놈, 그 밖에도 여러 가지 형태를 가진 것들이 있어서 서로 보완하는 관계를 통해 만들어지는 일종의 커뮤니티를 형성하는 것이 진정한 다양성이라고 봅니다.
>
> **"**

즉 농약이나 화학비료를 사용하지 않고 숲을 채벌하지도 않고 자연 생태계를 있는 그대로 지키면서 하는 농사. 농(agro)과 숲(forest)의, 혹은 숲(forest)과 가든(농원)의 융합이다.

우리와 사티쉬는 포레스트 가든을 천천히 산책하면서 여기저기서 열리는 마틴의 작은 강의에 귀를 기울였다. 그런 진지한 학생들에게 상이라도 주듯 마틴은 가끔 채소 잎이나 과일 혹은 꽃 등을 따서 우리에게 나눠주었다. 학생들은 '엥, 이런 것도 먹을 수 있어!?' 하는 겁먹은 표정으로 그것들을 혀 위에 조심스럽게 올려놓고는 했다.

마틴은 조용히 미소 지으며 말했다.

"여기 있는 식물은 어떤 형태로든 유용한 것들입니다. 그 거의 모두 먹을 수 있어요. 원래는 세계 곳곳에 있던 식물, 그 중에는 일본식물도 있으니까 여러분도 알아볼 수 있을 것입니다. 이곳에서는 수많은 식물들이 서로를 배제하는 게 아니라 서로 돕고 의지하는 공생의 형태로 살아가고 있습니다."

포레스트 가든의 특징은 뭐니 뭐니 해도 다양성이다. 예컨대 중국에서 온 오텀올리브. 그것은 마틴이 특히 아끼는 과일의 일종인데, 매년 풍성한 열매가 열려 공중의 질소를 땅속에 고정시켜 주위 식물을 돕고 있다. 봄에는 수많은 꽃을 피우기 때문에 벌들에게도 중요한 나무다.

소나무는 캘리포니아 원산. 거기에서 채취하는 송진은 석유의 고갈과 가격급등이라는 문제 때문에 공업제품 등의 원재료로 재차 각광을 받고 있다.

또 숲속에는 박쥐도 살고 있다. 박쥐는 아주 중요한 존재로, 숲속을 돌아다니며 나무열매나 과일 속에 서식하는 벌레들을 잡아먹는다. 포레스트 가든에서는 이처럼 자연에 모든 것을 맡겨 오히려 해충의 대량발생 같은 피해를 막을 수 있다고 한다.

숲을 그대로 방치해 식물을 키운다. 자연에 맡겨 피해를 막는다. 그 야말로 기존의 농법과는 정반대되는 '역발상'이 바로 거기에 있었다.

그런데 마틴에 따르면 이것이야말로 세계에서 가장 오래된 농경형 태라는 것이다.

"세계에서 농경이 언제 시작되었는지 알고 있나요? 지금까지는 1만 2천 년 정도 전에 메소포타미아에서 시작된 걸로 알려져 왔는데, 근래에 와서 그보다 2천 년 더 이전인 1만 4천 년 전이라는 사실이 밝혀졌습니다. 그 세계 최고의 농경형태가 아그로포레스트리(agro-forestry), 즉 포레스트 가든이었다고 합니다. 처음에는 숲속에 있는 식물을 수확하고 거기에서 종자를 얻어 숲 밖으로 가져나가 그것을 심었습니다. 그렇게 하여 새로운 숲을 만들고 확장시켜갔는데, 그것이 가장 오래된 농경형태였답니다."

그러한 사실은 나도 금시초문이라 깜짝 놀랐다. 환경파괴 문제가 심각해지고 있는 요즘, 이런 삼림농이 주목받고 있는 것은 어쩌면 당연한 일이다. 마틴은 삼림농에서 특히 중요한 세 가지 포인트를 설명해주었다.

첫째 흙을 갈지 않아도 된다. 역시 지금까지 농업과는 상식적으로 정반대다. 숲속에서 이뤄지고 있는 다양한 생명활동에서 가장 중요한 것은 '땅속'이다. 땅속의 버섯이나 곰팡이 등의 균류는 그곳에 있는 영양분을 먼 곳까지 분산시키고, 탄소를 흙속에 고정시키는 아주 중요한 역할을 해내고 있다. 그렇게 해서 숲의 풍요로움을 지킨다.

자연의 숲에는 보통 밭보다 훨씬 더 지속가능성이 높은 생태계가 있다. 아니, 숲속 생태계의 지속가능성은 무한하다고 해도 좋을 것이다. 비료도 농약도, 괭이질도 삽질도 할 필요 없다. 오히려 비료도 농약도 하지 않고 경작 자체를 하지 않기 때문에 숲의 생명이 지속될 수 있는 것이다.

그런 숲에서 힌트를 얻은 삼림농을 들여다보면 '숲의 존재방식에서 멀어질수록, 그리고 일반적인 밭에 가까울수록 거기에 쏟아야 하는 에너지는 증가한다'는 진실이 의심할 여지없이 분명해 보인다. 그러므로 어디까지나 자연의 섭리를 활용할 것을 중시한다.

두 번째 포인트는 질소고정을 활용하는 것이다. 질소는 식물에 필요불가결한 역할을 하고 있다. 그런데 식물은 공기 중의 약 80%를 점유하는 질소를 제 힘으로 흡수할 수 있는 기능이 없다. 그것을 보완하기 위해 존재하는 것이 박테리아다. 흙속이나 나무뿌리 부근에서 활동하며 질소를 공기 중에서 흙속으로 끌어들이는 역할을 담당하고 있다. 이 박테리아가 제 역할을 잘 해내어 자연순환의 사이클이 끊이지 않고 이어지게 되는 것이다.

그리고 세 번째는 다양성을 중시한다는 점. 인간은 몇 천 년에 걸쳐 식물의 종류를 선별해왔다. 더 많고 더 큰 열매를 맺도록 하기 위해서. 하지만 그것은 선택폭을 좁히고 다양성을 감소시키는 것을 의미하기도 했다.

그러한 선별은 식물의 처지에서 보면 인간의 이기적인 행동에 불과
하며 엄청난 스트레스의 원인이 되었을 것이 분명하다. 또 그런 식물
일수록 여러 가지 질병에 걸리기도 쉽다. 그 대표적인 예가 지금은 무
농약으로는 거의 재배할 수 없게 된 사과나무라고 한다.

질병에 대한 면역력이 약해진 나무에는 더 많은 농약과 비료를 사
용하게 된다. 이와 같은 '악순환'에 빠져있는 것이 농업의 현주소다.
하지만 포레스트 가든의 식물들은 선별되지도 않고 농약이나 비료도
사용하지 않는 자연 그대로의 상태다. 즉 스트레스를 받지 않기 때문
에 병에 걸리는 일도 없을 거라는 말이다.

다양성을 존중하자

한 가지 궁금한 것이 있어 물었다. 그것은 포레스트 가든에 있는 식물
들 중에는 외래종이 많다는 점에 대해서다. 숲의 생태계를 중시하는
포레스트 가든에 그것이 어떤 의미를 갖는가?

마틴은 아래와 같이 대답했다.

"이곳에 있는 대부분의 식물은 이미 영국에서 재배되고 있는 것들
입니다. 대영제국 시대 때부터 이 나라에는 온갖 식물이 세계 각국에
서 모여들었지요. 사람들은 그것들을 긴 세월에 걸쳐 시행착오를 반
복하면서 키워왔습니다. 오늘날처럼 다종다양한 식물이 영국에 뿌리
를 내리고 있는 것은 그런 역사의 결과입니다.

'외래종이 생태계에 악영향을 미칠 수도 있다'는 지적은 물론 중차

대한 지적이지만, 영국에서는 이미 수많은 외래종이 긴 세월에 걸쳐 뿌리내리고 있다는 것도 사실입니다. 아니, 오히려 영국 각지에서 자라고 있는 거의 모든 작물이 외래종이라 해도 과언은 아닐 것입니다.”

마틴은 재래종만을 고집하는 순수주의보다 다양성을 중시하는 생각을 고수하고 싶다고 했다. 그는 17년간 약 500종류의 나무를 심었다고 한다. 그 사이 포레스트 가든의 생태계를 알기 위해 해충을 꾸준히 조사했다. 그 결과 이곳 벌레의 다양성은 재래종만 있는 숲보다 훨씬 높았다고 한다.

물론 재래종을 중시해야 한다는 생각에 마틴도 공감한다. 외래종의 위험성에도 주의를 기울여야 할 것이다. 하지만 그 이상으로 중요한 것은 다양성으로 보호받는 풍요로움이라고 그는 생각한다. 그것을 증명해주는 것이 그의 조사결과다.

재래종을 고집하기보다 다양성을 추구한다. 이것은 사티쉬가 말하는 ‘물처럼 변화를 두려워하지 않는다’는 생각과 상통할지도 모른다. 마틴이 말했다.

“다양성이라고 말은 쉽지만 단순히 종류가 다양하기만 해서는 안 됩니다. 키가 큰 놈에서 작은 놈, 그 밖에도 여러 가지 형태를 가진 것들이 있어서 서로 보완하는 관계를 통해 만들어지는 일종의 커뮤니티를 형성하는 것이 진정한 다양성이라고 봅니다.”

인간공동체에 대해서도 이와 비슷한 이야기를 할 수 있지 않을까?

마지막으로 마틴은 ‘직업으로서의 포레스트 가든’에 대해서도 말했다.

"삼림농을 비즈니스화하여 생활을 유지할 수도 있습니다. 채취한 식물을 팔기도 하고 식물 그 자체를 판매형식으로 분양하기도 합니다. 내 경우에는 가든을 처음부터 직접 디자인했기 때문에 완성될 때까지 많은 시간과 노력이 들었지만, 지금은 이곳에서 일하는 시간이 일주일에 10시간 정도에 지나지 않습니다."

배우고 싶다는 사람들을 대상으로 한 단기 코스도 개강했다. 관심 있는 사람은 마틴과 함께 포레스트 가든에서 일하면서 배울 수도 있다. 좋아하는 일을 직업으로 삼기란 어렵다. 또한 자연계에 악영향을 미치지 않는 경제활동을 하기란 쉬운 일이 아니다.

대가를 바라지 않는 사랑

대학으로 돌아오고 얼마 뒤 저녁식사를 알리는 종이 울렸다. 이곳 슈마허 대학에서의 생활도 닷새째. 벌써 종반이다. 노는 것도, 일하는 것도, 먹는 것조차도 열심이다.

밤이 되자 다시 사티쉬와 토론을 했다. 사티쉬와 함께할 수 있는 시간도 얼마 남지 않았다. 그래서인지 학생들이 자아내는 분위기에서 지금까지보다 훨씬 더 뜨거운 열기가 느껴졌다.

첫 번째 질문은 4학년으로는 유일한 참가자인 리사였다. 사티쉬가 토론에서 말한 '누구나 아티스트가 될 수 있다'는 말이 여전히 납득이 가지 않는 모양이다.

"저는 어떤 아티스트가 되어야 할지 잘 모르겠어요."

그 말에 사티쉬는 먼저 '아트'라는 말의 정의부터 정리해주었다.

"아트란 말의 원래 의미는 뭔가를 확실하게 한다, 제대로 한다는 것입니다. 일을 잘한다는 말이라 할 수 있지요. 예를 들어 청소를 할 때도 빗자루를 요령껏 잘 써서 바닥을 깨끗하게 할 수 있으면 그것은 'art of cleaning(청소라는 아트)'입니다. 만일 사람을 즐겁게 하는 멋진 이야기를 할 수 있으면 그것은 'art of speaking(말하는 아트)'. 요리도 정원가꾸기도 목공일 역시 아름답고 훌륭하게 해낼 수 있으면 그것이 곧 아트인 것입니다.

특히 아트 중에서도 최고의 아트는 'art of living', 즉 삶이라는 아트입니다. 내가 여러분에게 '모든 사람이 아티스트다'라고 말한 건 결코 모두 고흐가 되어야 한다는 뜻은 아닙니다. 소위 말하는 예술가나 음악가로 살라는 것 역시 아닙니다.

인생에서 정말 중요한 것은 무엇을 하는가가 아니라 무슨 일이든 멋지게 해내는 것이지요. 그것은 그 일을 좋아하지 않는 한 절대 불가능합니다. 하지만 누구나 예외 없이 뭔가를 멋지고 아름답게 해낼 수 있는 재능이 있습니다."

사티쉬는 우리가 만나고 온 마틴 크로포드를 예로 들었다. 마틴은 '포레스트 가든이라는 아트'를 하고 있는 아티스트라고 했다.

다음으로 사티쉬는 아트의 정의를 한 발짝 더 발전시켜 설명했다. 아트, 즉 일을 잘 해내려면 C로 시작되는 세 가지 요소가 필요하다. 그 세 가지는 Commit(헌신적으로 관계하기), Care(배려하는 마음으로 돌보기), Continue(계속하기). 그리고 다시 마틴의 이야기를 예로 들며 세 가지 C에 대해 설명했다.

"17년 전 마틴이 삼림농을 시작했던 곳은 피폐한 불모의 땅이었습니다. 그곳에 그는 오랜 시간과 정성을 들여 500종의 식물을 심고 그하나하나를 돌보며 키웠지요. 물만 준 것이 아니라 정열까지 쏟아 부었습니다. 그 정열과 헌신적인 노력이 결실을 맺어 그는 이제 삼림농이라는 아트의 명인이 되었습니다."

그런데 사티쉬의 눈에는 대부분의 현대인은 아트와는 동떨어진 삶을 살고 있는 것처럼 보인다고 말한다. 대학을 졸업하면 회사 같은 조직에 취직하고, 가능한 한 높은 월급을 받으려 애쓰고 그 돈으로 차를 사고…… 현대인은 이런 것들이 '성공'을 결정짓는다고 착각하고 있다.

"이런 상황에서 아트는 제대로 이뤄질 수 없습니다."

사티쉬에 따르면 이런 성공은 산업사회가 쳐놓은 함정이다.

"인스턴트로 얻은 성공은 인스턴트 때문에 깨지는 환상에 지나지 않습니다. 여러분은 세 가지 C를 잊지 말고 인내를 가지고 한 가지 일에 몰두하기 바랍니다. 그렇게 하면 언젠가 그때까지 잠들어있던 자기 안의 아티스트가 눈을 뜨게 되고, 차근차근 새로운 자신을 발견하게 될 것입니다. 그리고 여러분은 조금씩 그 일의 아티스트가 되어 활약하게 될 것입니다."

사티쉬의 말은 젊은이들을 감동시키고 흥분시킨다. 하지만 한편으로 젊은이들은 어느 순간 문득 자신을 둘러싼 현실을 돌아보면서, 현실에서 자신과 사티쉬의 말에 감동하는 자신과의 사이에서 당혹스러워한다. '정말 그런 일이 가능할까?' '나도 그렇게 될 수 있을까?' 의구심이 고개를 드는 것이다.

그런 때에도 사티쉬는 물러서지 않는다. 담담하고 참을성있게 몇 번이고 말한다. 각도를 바꾸고 표현을 바꿔서 자신의 생각을 전하려고 노력한다. 그러다보면 어느 순간 상대방은 그에게 매료되어 있다. 그리고 의구심도 사라지고 없음을 깨닫는다. 이날 밤의 토론에서도 그런 드라마가 전개되고 있었다.

"선생님께서 다른 사람을 행복하게 하는 것이 자신의 행복이 된다고 말씀하셨잖아요. 대가를 바라면 안 된다는 건 알겠어요. 하지만 이쪽이 일방적으로 주기만 하면 언젠가는 지치지 않을까요? 그럴 땐 어떻게 하시겠어요?"

질문한 학생은 미사토였고 사티쉬의 대답은 아래와 같았다.

"선물이란 원래 '대가를 바라지 않는 것'이라는 의미이지. 그러므로 대가를 바라고 주는 것은 선물이 될 수 없지요. 내가 자네에게 대가를 바라지 않는 선물을 주고, 자네가 누군가에게 대가를 바라지 않는 선물을 준다. 그리고 나는 누군가에게 대가를 바라지 않는 선물을 받는다. 그런 게 아닐까?

모든 사람이 대가를 바라지 않는 선물을 끊임없이 준다면 결과적으로 모든 사람이 선물을 받게 될 것입니다."

그런 관계성을 사티쉬는 나무와 과일에 빗대어 설명했다. 나무는 과일을 만들지만 그 과일을 나무가 먹지는 않는다. 다만 일방적으로 주기만 할 뿐이다. 부자든 가난뱅이든, 성인이든 죄인이든, 상대가 누구이건 상관하지 않고 나무는 과일을 공평하게 나눠준다.

그런 나무에 태양은 햇빛을 준다. 하지만 태양은 그 대가로 나무의 과일을 받아먹지는 않는다. 이처럼 자연계에서는 모든 만물이 대가를 바라지 않고 서로가 서로에게 나눠주고 있다. 인간도 마찬가지다.

"그러므로 여러분은 누군가를 사랑할 때, 나무처럼 대가를 바라지 말고 사랑을 주도록 해야 합니다. 상대방에게 '당신이 사랑해주면 나도 사랑하겠다'는 식의 조건을 달아서는 안 됩니다.

엄마는 아이에게 젖을 먹이지만 대가를 바라지는 않지요. 그런 조건없는 마음이야말로 사랑이라 부를만하지 않을까요.

우리는 이미 헤아릴 수 없을 만큼의 선물을 받았습니다. 어머니뿐만이 아닙니다. 할아버지 할머니 혹은 시인이나 음악가들에게 선물을 받고 있어요. 다양한 아티스트들이 주는 선물도 우리는 넘치도록 받아왔습니다."

또 사티쉬는 아까 미사토가 말했던 '일방적으로 주기만 한다면……'이라는 말에 대해 이렇게 대답했다.

"걱정할 필요 없네. 자네는 결코 일방적으로 주기만 하진 않는다네. 자네는 항상 셀 수 없이 많은 선물을 받고 있지. 만에 하나 조상들로부터 혹은 부모님에게서 혹은 세상의 모든 사람들과 자연계로부터 선물을 받지 않았다면, 자네는 지금 여기에 존재할 수 없었을 것이네. 그러니 자네도 이번에는 자네 차례라고 생각하면 좋겠어. 그렇게 계속 주면 된다네. 그러려면 관용이 필요하지. 자네가 넓은 마음을 갖는다면 다른 사람도 넓은 마음을 가질 수 있지. 그렇게 하다보면 언젠가는 모든 사람이 넓은 마음을 갖게 될 것이야. 사과씨를 심으면 사과나무가 자라듯, 관용이라는 씨를 심으면 관용이라는 나무가 자란다네.

만에 하나 대가를 바라면 대가가 오지 않았을 경우 낙담하게 되는데, 하지만 대가를 바라지 않는 선물을 끊임없이 주면 대가가 없더라도 실망하는 일은 없지. 나는 이제까지 살면서 한 번도 실망한 적이 없다네. 대가를 바라본 적이 없으니 당연한 일이지. 그래도 내가 준 것의 몇 백 배나 되는 선물을 예전에도 받았고 지금도 여전히 받고 있다네."

사티쉬의 그 말이 끝나기 무섭게 하츠코가 손을 들었다. 그녀의 목소리에서 끓어오르는 감정을 털어놓지 않고는 견딜 수 없다는 절박감이 느껴졌다.

"선생님의 말씀처럼 우리는 많은 사람들에게 많은 선물을 받고 있습니다. 그런데 '받은 만큼의 은혜를 갚고 있는가? 하는 점이 전 마음에 걸립니다. 참 많은 것을 받고 있으면서 그에 대해 난 과연 무엇을 줄 수 있을까를 생각하면 너무 불안합니다."

앞의 질문과는 반대로 '주기만 하는 것'이 아니라 '받기만 하는 것'에서 오는 불안에 대해서다. 그런 불안을 사티쉬는 부드럽게 어루만져주었다.

"그럴 수 있지. 그런 생각이 드는 건 자네가 많은 것을 주고 있음을 의식하지 못하기 때문이야. 자네가 얼마나 많이 주고 있는가를 자네 자신이 모르고 있을 뿐이지. 그런데 자네가 할 수 있는 최고의 선물은 과연 뭘까? 그것은 자네가 지금 여기 존재한다는 사실이야.

사과나무를 생각해보게. 사과나무는 사과라는 선물을 우리에게 주지. 하지만 처음부터 우리에게 주려고 사과를 만든 건 아닐 것이야.
사과나무는 햇빛과 비와 흙과 바람 그리고 다른 수많은 선물을 받아
커다란 나무로 자랐고 수많은 열매를 맺었지. 하지만 그것은 태양이
나 비에 보답하려고도 아니고 인간에게 나눠주기 위해서도 아니지.
사과를 먹느냐 마느냐는 인간이 결정할 일이니까 말이야. 사과나무
는 그냥 거기에 서있을 뿐이지. 그러면서 사과라는 선물을 무의식적
으로 주고 있는 것이네."

인간도 마찬가지다. 우리가 할 수 있는 최대의 선물은 그냥 그곳에
있는 것. 거기까지 말한 사티쉬는 새삼 하츠코를 돌아보며 이렇게 덧
붙였다.

"자네가 미소 짓는 것만으로도 세상에 둘도 없는 최고의 선물이 된
다네."

일본에는 선물을 주는 다양한 종류의 관습이 있는데 그와 관련된
수많은 규칙이 있다는 사실을 사티쉬도 잘 알고 있다. 그리고 그것이
사회적인 중압감이 되어 사람들을 억누르고 있다는 사실도. 그것을
의식하면서 사티쉬는 일본에서 온 학생들에게 말했다.

"하지만 여러분은 그런 부담을 가질 필요가 없어요. 중요한 것은
물질을 주고받는 것이 아니기 때문입니다. '대가'로 고민할 것은
없습니다. 최고의 선물은 여러분 자신이 존재하고 있다는 사실입니
다. 이것만 기억해두기 바랍니다."

절망에 대처하는 방법

세상에 좋은 사람만 있는 것은 아니다. 인간의 추한 면을 보고 절망하기도 하는데, 그럴 때는 어떻게 하면 좋을까? 에릭이 물었다.

"선생님은 인간은 꽃과 나무를 축복하고 서로 도와야 한다. 그것이 인간의 역할이다고 말씀하셨습니다. 하지만 인간에게는 나만 좋으면 된다거나 다른 것을 배제하는 부끄러운 면도 있습니다. 인간의 그런 모습에 절망적인 기분이 들었을 때는 어떻게 하면 좋을까요?"

이 질문에 사티쉬는 농업을 예로 들어 대답했다. '멀칭(mulching)'이라는 방법은 작물 주위에 짚을 깔아 수분의 증발을 막고 동시에 잡초가 무성하지 않게 한다. 인간도 그와 같은 방법을 쓰면 된다고 사티쉬는 말한다.

"자네가 인간의 좋은 면을 많이 가지고 있고 내가 나쁜 면을 많이 가지고 있다고 하자. 자네는 나의 나쁜 면을 부드러운 숄을 뒤집어씌우듯 자네의 좋은 면으로 덮으면 된다네. 그렇게 하면 지푸라기를 이고 있는 잡초가 더 이상 자라지 못하는 것처럼 인간의 나쁜 면도 더 이상 자라지 못할 것이네."

인생을 정원에, 인간을 정원사에 비유하기를 사티쉬는 좋아한다. 정원에 심고 싶은 식물이 있고 심고 싶지 않은 식물이 있는 것처럼 인간에게도 키우고 싶은 생각과 키우고 싶지 않은 생각이 있다. 유능한 정원사인 인간은 인간의 나쁜 면이 세력을 확장하지 못하게 하면서 좋은 면만을 키울 줄 안다.

인간의 내면에 있는 잠재적인 가능성을 가진 나쁜 면은 결코 사라지지도 또 없앨 수도 없다는 것이 사티쉬의 생각이다. 즉 인간은 모두 자기 안의 나쁜 면과 함께 더불어 살아갈 수밖에 없다. 하지만 모두가 훌륭한 정원사가 된다면 인간의 좋은 면은 무럭무럭 자라게 되고, 나쁜 면은 지푸라기 밑의 잡초처럼 번성하지 못하게 될 것이다.

물론 이것은 끝이 없는 작업이다. 절망과 종이 한 장 차이의 작업이 될지 모른다. 하지만 하지 않으면 안 될 일이기도 하다. 절망하고 좌절하지 않기를!

사티쉬는 분노와 증오에 대해서도 정원에 비유하여 설명했다. 가시나 독을 가진 풀을 뽑아서 퇴비로 만들어 정원을 비옥하게 하는 데 사용하는 것처럼, 분노와 증오를 자비와 관용이라는 덕목을 키우기 위한 퇴비로 사용하면 된다. 다만 이 작업 역시 끝이 없다. 분노와 증오의 씨앗은 항상 거기에 있으면서 싹을 틔우려 호시탐탐 노리고 있기 때문이다.

그래서 사티쉬는 말한다.

"이것으로 완벽해, 끝났어! 라고 생각하는 정원사는 없습니다. 식물은 쉬지 않고 자라니까요. 때로는 내면의 나쁜 감정이 고개를 쳐들지도 모릅니다. 하지만 그 순간을 잘 극복하면서 좋은 정원을 만들어가는 것, 그것이 인생이 아닐까요?

그리고 타인이 됐든 자기가 됐든 나쁜 면만 보려고 하면 괴롭고 힘이 듭니다. 그러지 말고 좋은 면을 보려고 노력하고 그것을 더 잘 키우려고 마음 쓰는 것이 중요합니다."

사티쉬의 이야기는 들으면 들을수록 더 듣고 싶어진다. 속마음을 털어놓고 싶어진다. 그런 학생들의 마음이 눈에 훤히 보였다. 나 역시 그랬으니까. 하지만 시간은 덧없이 흐르고 슈마허 대학에서의 생활도 마지막이 코앞으로 다가왔다.

내일이면 모든 프로그램이 끝나고 사티쉬와도 헤어져야 한다. 카요가 한 질문에는 학생들 모두의 애절한 마음이 담겨있는 것 같았다.

"선생님에게 많은 이야기를 듣고 슈마허 대학에서 멋진 자연과 훌륭한 많은 분들을 만날 수 있어서 너무 행복하고 좋았습니다. 그런데 이제 이 멋진 곳을 떠나 앞으로 나의 길을 찾아가야 한다고 생각하니 불안하기 짝이 없어요. 선생님처럼 제 안에 에너지를 꾸준히 불태울 수 있을지 어떨지……

선생님이 곁에 계셔주신다면 어떻게 해볼 수 있을 것 같은데…… 하지만 선생님은 한 분뿐이시잖아요! 일본에 돌아가 선생님의 책을 읽더라도 이곳에서 얻은 것과 같은 에너지를 얻을 수 있을지 어떨지 모르겠어요. 그것이 무엇보다 불안해요."

용기를 내서 자신의 마음을 고백한 카요에게 사티쉬는 이렇게 대답했다.

"Well, then you can take me!"(그렇다면 나를 데려가면 된다!)

자기를 일본으로 데려가라고? 진심을 꿰뚫으려는 듯 빤히 바라보는 카요를 지그시 마주보는 사티쉬의 표정은 진지했다. 하지만 다음 순간, 사티쉬는 만면에 미소를 띠며 이렇게 입을 열었다.

"지금 이곳에는 열여덟 명의 친구들이 있습니다. 일본에 돌아가서 이 친구들과 작은 그룹을 하나 만들면 어떨까요? 그래서 한 달에 한 번

씩 모임을 가지면 어떨까요? 그 그룹이 모여 우수한 농장을 방문하거나 훌륭한 활동을 하는 NGO를 찾아가는 것입니다. 독서회나 영화회를 갖는 것도 좋습니다.

자신에게 에너지와 영감을 줄 수 있는 책을 함께 읽고, 함께 명상을 하고, 함께 요리를 하고, 함께 요가를 하고…… 그렇게 서로 의지하고 도와가며 새로운 에너지를 창출해내는 것입니다.

그런 그룹을 만들 수 있다면 여러분들은 모두의 '사티쉬'가 될 수 있지요. 그것이 '나를 데려가라'는 말의 참뜻입니다. 그렇게 하면 육체를 가진 내가 그 자리에 없더라도 괜찮지 않을까요?"

"하지만 한 달에 한번 가지고는 안 될 것 같아요."

사티쉬는 다시 이렇게 대답했다.

"그럼 일주일에 한번이면 어떨까요? 혼자 있으면 분명 외롭고 고독할 때가 있지요. 부정적인 에너지가 충만해있는 세상에 살다보면 더더욱 불안감이 몰려들기 마련입니다. 그렇기 때문에 서로를 의지할 수 있는 지원시스템이 필요해요. 그런 시스템을 여러분들 주변에 만들어두고 여러분들이 누군가를 위한 '사티쉬'가 되어주면 고맙겠습니다."

그렇게 말을 마친 사티쉬는 멋진 미소를 지어보였다.

여섯째 날 이상은 크게 실천은 작은 것부터

새로운 문화의 모델이 되려면

이윽고 슈마허 대학에서의 생활도 마지막 날을 맞았다. 사티쉬는 우리보다 한 발 앞서 오늘 오후 이곳을 떠나고, 우리도 내일 아침이면 이곳을 떠나게 된다. 마지막이 될 사티쉬와의 명상과 미팅이 오늘 유난히 엄숙하게 느껴졌다.

아침, 사티쉬와의 마지막 토론.

어제에 이어 학생들은 개인적인 생각을 사티쉬에게 거침없이 부딪쳐왔다. 교실에는 어제보다 더한 긴박감이 감돌고 있었다. '나를 데려가면 된다'던 사티쉬의 말 때문은 아니겠지만, 모두 진지한 얼굴로 사티쉬를 기억의 가방 속에 넣어서 '데려가려는' 것처럼 보였다.

맨 처음 질문한 것은 조부모님이 여관을 경영하고 계시다는 테페였다.

"오래된 여관인데 저는 그 고풍스러움이 너무 좋았습니다. 그런데 최근 들어 그곳이 유명해지면서 관광객들이 많이 찾아오게 되었어요. 그 때문에 콘크리트건물이 늘어나고 쓰레기도 많아졌습니다.

전 그런 광경을 보고 관광이니 여행이니 하는 것에 대해 나쁜 인상을 갖게 되었습니다. 경관을 파괴하지 않고 자연과 문화를 소중히 하는 여행은 없는 걸까요?"

'개발'과 그에 따르는 자연과 문화의 파괴는 우리 연구회의 주제이기도 하다. 테페는 그 주제를 자신과 관련된 사례로 생각하고 있었던 것이다. 사티쉬의 대답은 참신했다.

"그럼 자네 할아버 지할머니의 여관에 이런 간판을 세워두면 어떨까? '순례자 환영, 관광객 사절' 순례자와 관광객은 어떻게 다른가? 순례자는 자신이 찾은 장소를 존경하고 축복하지. 결코 그 장소를 파괴하는 따위의 행위는 하지 않는다네. 오로지 그 장소에 자신을 맞추려고 하지.

반대로 관광객은 방문한 장소가 자기에게 맞춰줄 것을 요구한다네. 어디를 가든 평소생활과 다르지 않는 편리함을 요구하고 멋대로 행동하지."

그때 사티쉬는 관광을 대신할 새로운 문화, '순례의 문화'를 젊은 세대가 만들어갈 것을 제안했다. 여행하는 장소에 감사하고 그곳을 존경하며 축복하는 문화. 그리고 테페에게 이렇게 말했다.

"자네의 할아버지 할머니께 그 새로운 문화의 모델이 되어주십사하면 어떨까?"

그렇게 말하는 사티쉬의 마음속에는 이미 미래의 이미지들이 그려지고 있었다.

"틀림없이 그곳에는 일본 곳곳에서 순례라는 형태의 여행을 희망하는 사람들이 모여들게 될 것이야. 세상에는 단순한 관광객이 아닌 순례자로서의 여행을 갈구하는 사람들이 많지.

하지만 안타깝게도 대다수의 호텔이나 여관은 사람들을 관광객으로만 취급한다네. 그러니 관광객으로 취급받고 싶지 않은 사람들을 위한 여관이 필요하지. 그것은 비즈니스로서도 크게 성공할 것이야."

그 여관의 성공사례가 다른 여관과 호텔의 모델이 되고, 그렇게 순례자의 문화는 만들어지게 될 것이다.

마음을 전하기 위해 필요한 것

학생들은 사티쉬를 너무 좋아하게 되었다. 그의 말을 온몸으로 받아들여 자신의 생활에 응용하겠다, 그리고 이곳에서 배운 것을 주위사람들에게도 전해주고 싶다는 마음이 나날이 고조되어갔다. 하지만 이 '전해주고 싶다'는 마음을 과연 실현할 수 있을까? 초무는 그것이 의심스러웠던 모양이다.

"예를 들어 이곳에서 배운 것을 일본에 돌아가 친구들에게 이야기해주고 싶어도, 친구들 중에는 역시 경제 우선의 '이코노믹한' 생각을 가진 애들이 많습니다. 에콜로지컬한 사고방식은 아무리 훌륭하다고 해도 현실감이 없다고 생각할 겁니다. 누군가에게 뭔가 중요한 생각을 전달하려면 어떻게 하는 게 좋을까요? 어떻게 하면 전달할 수 있을까요?"

그렇다, 대다수 사람들의 마음속에는 여전히 '이코노미'와 '에콜로지'는 분열된 그대로 존재하고 있다. 이 둘은 지금도 여전히 '양자택일'이며, 어느 쪽을 택할 것이냐의 기로에 서면 거의 대부분의 사람들이 '이코노미'를 택할 것이 분명하다.

"물론 커뮤니케이션은 그리 간단치 않지."

사티쉬도 인정했다. 그도 그럴 것이 거기에는 일종의 기술이 동반되어야 하기 때문이다. 그 기술을 갈고 닦을 필요가 있다고 말한다.

"어떤 식으로 논의를 구성할 것인가? 어떤 식으로 이야기할 것인가? 어떤 형태로 하고 싶은 말을 표현할 것인가? 타인에게 뭔가를 전달하려면 이런 기술들이 필요합니다.

어젯밤에 나는 여러분에게 '일본에 돌아가면 그룹을 만들면 좋겠다'고 말했지요. 그 그룹에서 부디 커뮤니케이션 연습을 하기 바랍니다. 예를 들어 한 사람이 하나의 테마를 정해서 5분 스피치를 하는 식으로, 그렇게 여럿이 서로 도와가면서 커뮤니케이션 기술을 익혀가는 겁니다. 함께 할 벗이 있을 때 그것은 얼마든지 가능하답니다."

그리고 사티쉬는 뭔가를 전달하기 위해서는 '글쓰기'도 상당히 중요하다고 말했다. 시도 좋고 에세이도 좋다. 무엇이든 글로 표현하여 전달하는 기술을 익혀야 한다. 그러다보면 언젠가 그것은 책이라는 형태로 세상에 퍼져나갈지도 모른다. CD나 DVD와 같은 미디어를 사용하는 것도 좋다. 예컨대 말을 잘하는 사람을 인터뷰하여 그것을 문장으로 옮겨 쓰거나 영상으로 만들어 보게 하는 것도 좋다. 어느 것이 가장 전달이 잘 되는가를 고려하는 것도 중요한 훈련이다.

커뮤니케이션 능력은 하루 아침에 좋아지는 것이 아니다. 하지만

'전달한다'는 경험을 하면 할수록 그것은 착실히 향상된다. 그러므로 먼저 '커뮤니케이션 능력을 키우고야 말겠어!' 결심하고 볼 일이다.

타인에게 뭔가를 전달하겠다고 결심했다면, 그것을 위한 훈련을 꾸준히 쌓아간다. 그러다보면 사티쉬가 말하는 '커뮤니케이션의 아티스트'가 될 수 있을 것이다.

죽음이라는 현실에 어떻게 맞설 것인가?

드디어 토론시간도 막바지에 다다랐다. 마지막 질문은 미호가 했다. 개인적인 질문을 권유했던 나조차도 숨죽이게 할 정도로 지극히 개인적인 질문이었다.

"저는 죽음에 대해 질문하고 싶습니다. 현대 일본에서는 가족구성원이 적기 때문에 누군가 한 사람만 빠져도 그 빈자리가 아주 큽니다. 저희 집 역시 부모님과 저, 세 가족이 살고 있었는데 3년 전 아버지가 돌아가셨습니다……"

내 지도학생이었음에도 전혀 모르고 있었다. 그때까지 미소를 짓고 있던 미호의 눈에서 눈물이 흘렀다. 그녀는 자신을 달래려는 듯 이야기를 서둘렀다.

"갑작스러운 죽음이었습니다. 마지막으로 아버지를 본 건 아침에 출근하실 때였어요. 그대로 아버지는 돌아오시지 못했습니다. 병으로 쓰러진 채 하루도 지나지 않아 돌아가셨으니까요. 마치 잠들어있는 것 같은 아버지의 시신을 보고도 돌아가셨다는 사실을 도저히 받아들일 수 없었습니다.

불안한 건 앞으로 어떻게 살아야 할까 하는 것이었습니다. 아마 외면하고 떠올리지 않으면 그대로 살아갈 수도 있겠지요. 그런데도 역시 죽음이라는 현실과 직면해야 하는 걸까요? 아니면 기억을 닫아버린 채 살다보면 언젠가는 받아들이게 되는 걸까요?"

목소리를 쥐어짜는 미호의 이야기를 들으며 사티쉬는 고개만 작게 끄덕이고 있었다. 그의 얼굴이 약간 창백해보였다. 침묵이 흐른 뒤 그는 말했다.

"그때 아버지 연세는?"

쉰이 갓 되셨다는 미호의 대답에 사티쉬는 다시 한 번 깊이 고개를 끄덕였다.

"하나의 관계나 인연이 끝을 맞이할 때, 그것으로 슬픔을 느끼는 것은 자연스러운 일이지. 특히 그것이 죽음일 때는 더더욱 그렇지.

슬픔을 느끼는 것은 마음이 살아있기 때문에 가능하다네. 그리고 사랑하는 마음이 있다는 증거이기도 하고. 아픔을 느끼는 것은 몸이 살아있기 때문이지. 죽은 몸이 아픔을 느낄 리는 없으니까.

마음도 마찬가지. 살아있는 마음은 슬픔을 느낄 수 있다네. 그러므로 자네가 슬픔을 느끼는 것은 자네가 살아있다는 증거라 할 수 있다네."

그렇다면 그런 슬픔에 우리는 어떻게 대처해야 할 것인가?

"몸에 상처가 나서 아플 때는 약을 바르는 등 상처를 낫게 하기 위한 조치를 하지. 그와 마찬가지로 죽음 때문인 슬픔 치료법, 즉 마음을 위로해주고 진정하도록 달래줄 수 있다네. 슬픔과 고통을 억압하면 안 된다네. 억누르는 대신 어루만져야 하지.

그러기 위해 필요하면 누군가의 도움을 빌려도 좋겠지. 가족 중 누구라도 좋고 종교인도 괜찮고. 오랜 경험을 가진 사람의 도움을 빌리는 것이지. 그렇게 하여 자신의 아픔을 달랠 수 있기 바라네. 죽음과 직면하지 않아도 된다네. 다만 죽음과 그 의미를 이해할 것. 그렇게 하면 자네의 슬픔은 반드시 치유될 것이라 생각하네."

거기까지 말한 사티쉬는 미호에게서 시선을 거둔 뒤 자리를 고쳐 앉으며 죽음의 의미를 설명했다.

"죽음은 끝이 아닙니다. 새로운 생의 시작이지요. 죽음을 통해 우리는 재생할 수 있습니다. 죽음 없는 재생은 있을 수 없고, 죽음 없는 해방은 있을 수 없습니다.

위대한 성인들, 위대한 정신을 가진 우리의 구루이신 부처도 예수도 죽어야만 했습니다. 그리고 우리는 그들이 없는 세상을 살아야 합니다. 그러한 사실을 이해하면 죽음 때문에 겪는 슬픔은 분명 치유될 수 있을 것입니다."

그렇게 말하고 사티쉬는 다시 미호를 향해 돌아앉았다. 그리고 두 손을 모아 '고맙다'고 말했다.

"이렇게 좋은 질문을 해줘서 고마워요. 용기를 가지고 모두의 앞에서 자신의 생각을 표현해준 것에 감사의 마음을 전하고 싶네."

슬픔이나 고통과 같은 감정을 억압하거나 숨기지 않고 이렇게 표현하는 것은 여러분에게 멋진 일이 될 것이라고 사티쉬는 말한다.

"지금은 내가 자네를 위해 말했지만 일본에도 자네의 상담자가 되어줄 사람이 반드시 있을 것이야. 그런 사람의 도움을 빌리면서 지금처럼 자신의 생각을 표현할 수 있기를 바라요."

그리고 마지막으로 사티쉬는 이렇게 말하며 모든 토론의 막을 내렸다.

"감사, 이것이 내 마음을 가득 채우고 있습니다. 여기 있는 여러분에게 고마움을 전하고 싶습니다. 여러분이 일본을 떠나, 각자의 공동체를 떠나, 가정을 떠나 이렇게 멀고 먼 슈마허 대학까지 와서 일주일이란 시간동안 우리와 함께 지내준 것이 얼마나 멋지고 고마운 일인지 모릅니다. 정말 고맙습니다."

내 마음도 고마움으로 가득 찼다. 사티쉬에게, 대학에서 만난 모든 사람들에게, 그리고 나의 멋진 학생들에게 진심으로 감사하다.

지속가능한 지역공동체

마지막이 된 사티쉬와의 토론이 끝난 뒤 우리는 쉴 틈도 없이 교외수업을 위해 출발했다. 대학에서 가장 가까운 마을인 토트네스를 방문해, 그곳에서 시작된 사회변혁운동인 '트랜지션 타운'을 취재하고 관계자들의 이야기를 듣기 위해서였다.

오늘의 안내인이자 대학의 관리인인 윌리엄을 선두로 하여 사티쉬와 나와 학생들은 걸어서 토트네스로 향했다. 숲을 빠져나가 다트강변으로 빙 돌아서 난 길을 걸어서 약 45분. 사티쉬와의 마지막 하이킹이라고 생각해선지 그 시간이 짧게만 느껴졌다.

토트네스는 인구 5천 명 정도의 작은 마을. 언덕 경사진 곳에 집과 상점들이 모여 있고 그 한가운데로 번화한 거리가 나 있었다. 왠지는 모르지만 이곳에는 이전부터 주류사회의 존재방식에 비판적이며 그와는 다른 대안적인 존재방식을 지향하는 사람들이 모여들었던 모양이다. 토트네스 같은 마을이 있었다는 것과 근처에 슈마허 대학과 같은 운동이 발생한 데에는 뭔가 밀접한 관계가 있을지 모른다.

또 슈마허 대학이 있다는 것과 토트네스에서 트랜지션 타운 운동이 발생했다는 사실도 내가 보기에는 결코 단순한 우연의 조합은 아닌 것 같았다.

트랜지션(transition)이란 '이행'이라는 의미다. 그러므로 트랜지션 타운이란 '스스로 방향전환을 하는 마을'이라는 뜻. 그것은 로브 홉킨스(Rob Hopkins)라는 사람의 다음과 같은 생각에서 시작되었다.

환경파괴, 기후변동, 석유 등의 자원고갈 등 세계규모의 위기 상황을 맞이하여 현대사회의 시스템 전체를 대대적으로 전환해야 한다는 문제가 제기되고 있다. 하지만 시스템이 스스로 변할 때까지 손 놓고 기다릴 수만은 없는 일. 마을 단위에서 할 수 있는 일부터 시작하여 지금까지의 지속불가능한 마을에서 지속가능한 새로운 마을로 바꿔보자. 석유나 원자력발전소에 의존했던 지금까지의 지역에서, 지역 내 자급자족과 자연에너지를 축으로 한 자립형 지역으로 풀뿌리에서부터 바꿔가자. 그러한 시민운동을 트랜지션 타운 운동이라고 부른다.

토트네스 트랜지션 타운의 사무실을 찾은 우리에게 이 운동의 창설자 중 한 명인 벤 브랑그윈은 이렇게 설명했다.

"이 사무실에는 두 개의 조직이 존재합니다. 하나는 토트네스의 지역운동을 추진하는 토트네스 트랜지션 타운. 또 하나는 토트네스 외의 전 세계 네트워크를 확장해가는 트랜지션 네트워크입니다.

트랜지션 타운은 2005년에 이곳 토트네스에서 현대사회의 두 가지 크나큰 위기를 배경으로 탄생하였습니다. 그 두 가지 위기란 기후변화와 오일쇼크입니다. 이들 위기의 근원에는 에너지문제가 있습니다. 20세기처럼 석유를 토대로 세워진 세계는 지금 크나큰 변혁의 순간에 봉착해 있습니다.

21세기는 석유고갈의 시대라고들 말합니다. 에너지는 감소해가고 또 그만큼 씀씀이를 줄이지 않으면 안 됩니다. 하지만 지금까지 인간 지성과 창조성은 에너지가 증가하는 가운데 꽃핀 것들이지요. 그렇다면 이번에는 에너지가 축소해가는 상황에 맞춰 지성과 창조성을 꽃 피울 방법을 찾아야 하지 않겠는가? 그것이 트랜지션 타운 운동의 도전입니다."

벤에 따르면, 이러한 전환을 기존에 그랬던 것처럼 정부주관으로 실현하려면 내용도 불충분할 뿐더러 시간도 너무 많이 걸린다. 반대로 개개인이 시도하려고 들면 영향력이 너무 작고 위기의 진척속도를 따라가지 못할 우려가 있다. 그렇지만 그것을 공동체 즉 커뮤니티 수준에서 실시한다면 어쩌면 늦지 않게 성공할 수 있을지 모른다.

문득 돌아보니 사티쉬도 학생들 틈에서 눈을 동그랗게 뜨고 벤의 이야기를 귀 기울여 듣고 있었다.

트랜지션 타운 운동은 처음에는 작은 그룹으로 시작했다고 한다.

멤버들 모두 문제와 관련된 책을 읽기도 하고 영화도 보고 토론도 했다. 여기저기 찾아다니며 견학도 했다. 역시 슈마허 대학의 협력도 있었다고 한다. 운동은 그렇게 조금씩 확대되어 갔다. 벤이 말했다.

"트랜지션 타운이 지역공동체 사람들에게 제기하는 의문은 다음의 두 가지로 요약해볼 수 있습니다. 첫째는 어떻게 하면 이산화탄소의 배출을 크게 줄일 수 있을까? 둘째는 어떻게 하면 여러 가지 변화에 유연하고 강인하게 대처해 갈 수 있을까? 입니다."

레질리언스(Resilience)……사티쉬가 곧잘 사용하는 탄력적이면서 강인한 것을 나타내는 말. 경직되지 않고 탄력적이며 유연한 것이 진정한 강함이라는 의미다. 이 생각은 '지속가능한 에너지 위에 성립한 지역공동체'를 지향하는 트랜지션 타운에도 적용하고 있다.

벤과 그의 동료들의 활동으로 이러한 사고방식은 널리 퍼져나갔다. 흥미를 가진 사람에게는 그 사람이 잘하는 혹은 특별히 중요하다고 생각하는 분야를 찾도록 했다. 어떤 사람은 식생활, 어떤 사람은 자연에너지, 그 외에도 교육, 정신성, 교통, 운송 등.

지역생활을 구성하고 있는 다양한 분야 중에서 자신이 재미있다고 생각하는 분야를 골라 그룹을 만들고, 그 안에서 앞서 말한 두 가지 의문에 대한 답을 찾아간다. 그리고 각각의 그룹이 자신들이 할 수 있는 일을 찾아내어 '이렇게 하면 좋겠다' '저렇게 할 수 있지 않을까?' 등의 제안을 낸다.

예를 들면 식생활을 담당한 그룹에서는 '로컬푸드 안내'라는 맵을 작성한다. 이것은 이 지역에 있는 먹거리를 안내하는 도안이다.

로컬푸드, 이를테면 지역의 자급자족은 트랜지션 타운이 제기하는 두 가지 의문에 정확한 해답을 제시하고 있다. 동시에 자립을 위한 공동체로써의 강점을 만들기도 한다. 생산자와 소비자가 결합하여 생산자는 직장을, 소비자는 보다 안전하고 신선한 먹거리를 얻을 수 있고 지역경제도 활성화된다.

과거에서 미래를 배운다

식생활 그룹이 그 다음으로 실천한 것이 가든쉐어, 즉 정원과 밭을 나눠 갖는 것이었다.

정원 가꾸기에 관심이 있거나 직접 채소를 가꾸고 싶어 하는 사람은 많다. 하지만 좀처럼 토지를 찾기 어렵고 기술도 지식도 부족하다. 반면 토지와 노하우는 있지만 이러저러한 사정으로 밭일을 할 수 없게 된 사람도 있다. 이들 쌍방의 필요를 잘 조절하면 쌍방이 행복한 윈윈(Win-Win)의 상황을 만들 수 있지 않을까 생각한 것이다. 벤이 말했다.

"이 생각은 정확히 들어맞았습니다. 외로운 노인들은 많은 사람들과 만날 수 있게 되었고, 한편 젊은 사람들은 실제로 밭을 일구면서 기술과 지식을 얻게 되었습니다. 생각해보면 도시란 곳은 사람들을 나누기만 하죠. 하지만 보통은 절대 만날 수 없을 것 같은 사람들이 만나게 되어 마을은 활기를 되찾았습니다."

그의 말에 따르면 가든쉐어의 당초 목표는 결코 큰 것이 아니었다. 대여섯 곳의 정원을 나눠가질 수만 있으면 좋겠다는 생각 정도였다.

그런데 실제로는 현재 쉰 곳 정도의 가든쉐어가 운영되고 있다. 영국 이외에도 독일이나 캐나다, 미국의 트랜지션 타운 운동에서도 가든쉐어의 이념이 도입되었다는 보고도 접수되었다.

영국의 유명한 텔레비전 캐스터인 휴 펜리 위팅그스톨도 가든쉐어의 영향을 받은 사람 중 한 명이다. 그는 자신의 방송에서 가든쉐어를 한 단계 업그레이드한 '랜드쉐어(land-share)'라는 아이디어를 세상에 전파했다. 그것은 주로 지자체나 교회 같은 곳에 한 제안이었다. 남아도는 토지는 없는가? 만약 있다면 그것을 나눠서 대지가 주는 은혜를 나눠 갖도록 하면 좋지 않겠는가.

위팅그스톨은 원래 요리전문가로 그의 방송은 시골스러운 생활과 요리, 에콜로지를 테마로 한 것이다. 실제로 각지의 교회를 돌며 '교회에 남아도는 땅이 있다면 사용할 수 있도록 허락해주십시오'라고 부탁했다. 덕분에 가든쉐어와 랜드쉐어는 영국에서 일대 붐이 되고 있다.

지역에서 나는 작물을 먹는 것이 얼마나 중요한가, 또 직접 먹을 것을 재배하는 것이 얼마나 중요한지 벤은 좀 더 자세히 설명해주었다.

영국에서는 현재 채소의 50%와 과일의 90%를 수입에 의존하고 있다. 또 모든 식품의 80%가 슈퍼마켓을 통해 소비자의 손에 전해지고 있다. 슈퍼마켓은 운송에 지나치게 의존하는 시스템이다. 지금의 사회구조 안에서는 얼핏 편리해 보이지만 앞으로 닥칠 위기의 시대에 이것은 상당히 무력한 시스템이기도 하다. 벤이 말했다.

"예를 들어 식재료가 부족해지면 슈퍼마켓 진열장에는 먹을 것이

텅 비게 될 것입니다. 게다가 슈퍼마켓이란 시스템은 석유를 막대하게 이용한 운송선이나 트럭이 종횡무진 누비고 다니는 것을 전제로 운영되고 있습니다. 만일 이것이 마비된다면 시스템은 하루아침에 붕괴되고 말지요."

이러한 문제가 국방상의 막대한 문제라는 사실이 이윽고 정치세계에서도 거론되기 시작했다.

하지만 풀뿌리 단계에서는 그에 대한 대응이 훨씬 빠르다. 그 중 하나가 에너지문제의 위기를 지역에서 해결해야 한다며 스스로 재생가능한 자연에너지를 만들어내자는 '재생가능 에너지 소사이어티'다. 식품의 자급은 아직 먼 이야기이긴 하지만 에너지 자급을 향한 첫발은 이미 내딛은 셈이다.

특히 트랜지션 타운의 멤버들이 열정을 쏟고 있는 것은 풍력발전이다. 이미 정부로부터 10만 파운드의 보조금을 받았고 그 밖의 원조까지 합하면 예산은 80만 파운드에 달한다. 그 돈으로 사무실 옥상에 풍력발전 설비를 갖춘 상태다. 그곳에서 만들어진 전기는 사무실에서 사용하고 나머지는 판매할 수도 있다. 20년 뒤에는 100만 파운드 이상을 새로운 활동에 투자할 수 있을 것으로 기대한다고 한다.

교통수단은 택시의 이산화탄소 배출을 억제하려고 오토릭샤에 주목하고 있다. 오토릭샤는 인도나 태국 등 아시아 여러 나라에서 볼 수 있는 교통수단으로, 작은 오토바이 뒤에 3인용 의자를 대서 만든 것이다. 오토릭샤의 모터를 작동시키려면 바이오연료, 즉 식물성 기름을 사용하면 된다. 이러한 노력은 환경교육의 좋은 표본이 될 것이다.

또 지금 토트네스에서는 전기자동차가 유행하기 시작했다. 전기자동차는 배터리 장착식이므로 가까운 미래에 재상가능 에너지로 충전할 수 있게 된다면 그 얼마나 멋진 일인가!

또 한 가지, 토트네스의 트랜지션 타운 운동에서는 지역통화를 만들어 지역경제를 활성화시키고 지역의 비즈니스를 지키자는 활동이 활발하다. 마을을 돌아보면 유기농 식재료를 사용하는 카페나 지역에서 생산한 작물을 판매하는 가게도 있다.

벤에 따르면 기존의 통화시스템을 지역통화로 완전히 바꾸자는 것은 아니다. 현대사회의 부족한 부분을 보완하면서 사회 전체의 유연함을 내부에서부터 만들어가자는 것이다.

한때 젊은이들의 마음을 사로잡았던 반체제운동이 자칫하면 뭔가에 대한 반대나 반항에 그치기 십상이었던 것과는 트랜지션 타운은 아주 대조적이다. 사티쉬가 말했던 '물의 부드러운 강함'이 새삼 가슴에 와 닿았다.

벤은 약간 수줍어하며 자신이 만든 슬로건을 들려주었다.

20년 후의 세상을 떠올려보자.

2030년은 이랬으면 좋겠다 ……

그 비전을 달성하려면 어떻게 하면 좋을까?

2029년에는 어떤 모습이면 좋을까?

2028년, 2027년은 어떨까?

그럼 알게 된다, 매년 어디까지 변하면 좋을지.

그에 맞춰 구체적인 계획을 세우자.

히터를 대신해 장작스토브를 사용하면 어떨까?

장작이 필요하겠지.

그럼 그 장작은 어디서?

지금 나무를 심자!

이것은 하나의 훌륭한 시라고 사티쉬는 말했다.

이상은 클수록 좋다. 하지만 그것을 위한 행동은 작은 것부터 시작한다. 수십 년 후의 비전을 그린다. 그리고 나서 거꾸로 계산하여 바로 오늘 무엇을 할 것인가 생각한다. 그 목표를 위해 지금 당장 할 수 있는 일이 반드시 있을 것이다.

벤의 이야기는 계속되었다. 오늘날 세계 시스템은 내일 당장 그 어떤 비참한 일이 벌어져도 이상할 것이 없을 지경이다. 실제로 미국에서는 석유와 관련하여 크나큰 사고들이 발생하기도 한다. 그런 사태가 벌어졌을 때에도 트랜지션 타운은 유연한 저항력으로 대처할 수 있다. 벤은 또 일본에서도 트랜지션 타운 운동이 시작되고 있다는 사실을 학생들에게 소개해주었다.

"여러분도 가까이에 트랜지션 타운이 있으면 꼭 참가하기 바랍니다. 아니, 설령 없더라도 여러분들이 만들면 됩니다. 세 명만 모이면 얼마든지 만들 수 있습니다."

벤은 우리에게 부탁했다. 일본에서 많은 사람들이 자기들을 찾아 이곳까지 와주는 것은 고맙지만, 굳이 먼 곳이 아니더라도 바로 가까이에서 찾아보라고. 그리고 그는 책 한 권을 우리에게 보여주었다. 트랜지션 동지들 사이에서 유행하고 있는 책으로, 저자는 일본에 살고 있는 미국인 연구자 아즈비 브라운의 『Just Enough』, 즉 '만족을 알다'라는 의미의 책이다.

일본 에도시대의 서민들 생활을 상세하게 소개하고 있는 이 책에 대해 벤은 열변을 토했다. 예를 들어 에도사회에서는 사용할 수 있는 것은 몇 번이고 수리하거나 재생하거나 물려 쓰거나 하면서 철저하게 낭비하지 않았다. 그것은 노벨평화상을 수상한 왕가리 마타이도 주목한 '못타이나이(아깝다)' 정신이었다. 요즘 식으로 말하면 에도시대는 3R(reduce, reuse, recycle)의 순환형 사회였던 것이다. 오래된 옷, 종이, 고장 난 우산, 깨진 그릇, 하다못해 촛농이나 재에 이르기까지 전문업자가 마을을 돌면서 회수하여 재생했다.

사티쉬도 그 책을 들고 정신없이 책장을 넘기고 있었다. 처음부터 끝까지 저자 자신이 그린 삽화가 가득 실려 있었다. 그것을 손가락으로 짚어가면서 "인도와 똑 같다!"를 연발하며 연신 감탄했다.

우리가 표본으로 삼아야 할 영국의 트랜지션 타운 운동. 그런데 그 운동의 표본이 다름 아닌 일본의 에도시대였다니! 옛날 일본인의 생활에는 새롭게 조명해야 할 것들이 그 밖에도 많다. 마찬가지로 근대화에 밀려난 세계 각지의 전통도 재평가되어야 한다. 그리고 벤의 말처럼 우리는 먼 데만 볼 것이 아니라 보다 가까운 곳, 이른바 등잔 밑을 잘 살펴야 한다.

트랜지션 타운 사무실에서의 수업을 사티쉬는 이렇게 정리했다.

"지구는 우리의 것이 아니라 미래에서 '빌려온 것'입니다. 그러므로 빌려왔을 때보다 더 좋은 상태로 돌려주어야 합니다.

지금처럼 변화무쌍한 시대는 마을을, 또 도시를 새롭게 디자인할 절호의 기회죠. 자동차를 줄여 좋은 공기를 되찾고, 나무를 심어 가로수를 만들어서 인간뿐만 아니라 여러 생물들이 모여살 수 있는 마을을 만들어가야 하지 않을까요?"

자신의 가능성에 어울리는 인생을

토트네스 마을 하구에 있는 레스토랑. 그곳의 옥외 테이블에서 우리는 점심을 먹었다. 이곳에서 사티쉬는 우리와 헤어져 다음 목적지로 떠나게 된다. 모두가 사티쉬와 기념사진을 찍고 포옹을 하느라 정신이 없다. 너나 할 것 없이 말을 잇지 못하고 울음을 터트리고 말았다. 돌아보니 사티쉬도 울고 있었다.

우리와의 이별을 그토록 아쉬워하는 사티쉬의 모습을 보면서 그 역시 학생들과 마찬가지로 우리와 함께 한 공동생활을 진심으로 즐거워했다는 것을 또 한 번 확인할 수 있었다. 사티쉬와 학생들은 지도자와 학생이라기보다 친구의 인연으로 맺어진 것이 분명하다.

마지막으로 사티쉬는 학생들에게 이런 이야기를 들려주었다.

"지난 일주일 동안 여러 가지 새로운 씨앗이 여러분 마음에 심어졌다고 생각합니다. 집에 돌아가면 잊지 말고 그 씨앗에 물을 주고 소중히 키워가길 바랍니다. 여러분이 이곳에서 경험하고 생각하고 얻은 것들을 키워가면 여러분 내면에 이미 자리하고 있는 가능성을 끌어낼

사티쉬와 이별의 포옹을 …

66

　아직은 묘목인 여러분 자신을 소중히 여기고 물도 주고 가능한 모든 것을 해서 잘 키우기 바랍니다. 무엇보다 자기 자신을 소중히 하길 바랍니다. 그것이 결국엔 다른 사람에게도 좋은 일이지요. 또 모든 자연계에도 좋은 일을 할 수 있는 사람이 되는 지름길입니다. 그리고 동시에 여러분의 인생도 틀림없이 충만해질 것입니다

99

수 있을 것입니다. 그렇게 하여 여러분이 가지고 있는 가능성에 어울리는 인생을 살 수 있기를……

여러분의 능력과 가능성을 과소평가하면 안 됩니다. 작은 묘목을 보고 그것이 언젠가 거목이 된다는 것을 상상하기란 쉬운 일이 아니지요. 하지만 믿으십시오. 이 묘목은 언젠가 반드시 커다란 나무가 되리라는 사실을.

아직은 묘목인 여러분 자신을 소중히 여기고 물도 주고 가능한 모든 것을 해서 잘 키우기 바랍니다. 무엇보다 자기 자신을 소중히 하길 바랍니다. 그것이 결국엔 다른 사람에게도 좋은 일이지요. 또 모든 자연계에도 좋은 일을 할 수 있는 사람이 되는 지름길입니다. 그리고 동시에 여러분의 인생도 틀림없이 충만해질 것입니다.

어제의 파티에서 마틴 하우스라는 젊은 시인이 대단한 열정으로 「새로운 세계를 만들자」라는 시를 낭독해주었습니다. 지난 일주일의 막을 내리며 그 중 한 시구를 여러분에게 바칩니다. 자, 자신감을 가지고, 자부심을 가지고 걸어 나갑시다. 그리고 여러분의 손으로 새로운 세계를 만드십시오.

영국에, 슈마허 대학에 와준 것에 무한한 감사의 마음을 전합니다. 여러분과 반드시 다시 만날 수 있을 것입니다. 일본에 갈 기회가 분명 또 있을 것입니다. 그때 다시 만나기를 희망합니다."

우리는 레스토랑 앞뜰에서 그가 떠나는 모습을 지켜보았다. 강변을 거침없이 몇 걸음 걸어가다 한번 뒤돌아보고 손을 흔들며 웃어 보인 사티쉬는 건물의 그림자 속으로 서서히 사라져갔다.

일곱째 날 인생의 여행을 떠나자

슈마허 대학을 떠나며

슈마허 대학을 떠나야 할 날이 드디어 다가왔다. 사티쉬는 이미 이곳에 없다. 어제까지 사티쉬와 함께 사용했던 욕실도, 그 건너편에 있는 그의 방도 갑자기 생소해 보인다. 나는 내 방에서 혼자 명상을 시도해 보았지만 좀처럼 집중할 수 없었다.

어제는 사티쉬와 헤어지고 토트네스에서 일단 흩어져 각자 자유시간을 보냈다. 그 뒤 다시 모여 윌리엄의 안내로 주로 관광용으로 운행하는 오래된 기차를 타고 슈마허 대학으로 돌아왔다.

그런 뒤 대학에서 15분 정도 걸어간 곳에 있는 오래된 석조건물인 술집으로 향했다. 우리 학생들도 평소와 달리 멋을 부리고 석사과정 학생들과의 대화에 푹 빠져있었다. 나는 먼저 대학으로 돌아왔지만, 다들 늦게까지 놀았을 것이 분명했다. 모두 피곤한 눈치다.

사티쉬가 없는 마지막 날 아침 모임. 이별을 앞두고 대학 공동체 일동을 대표하여 몇몇 사람이 우리를 위한 송별사를 들려주었다. 특히 학생들을 감동시킨 것은 스태프인 윌의 다음과 같은 말이었다.

"나는 이곳에서 자원봉사자로 일하고 있습니다. 덕분에 여러분을 이렇게 맞이할 수 있었는데, 여러분은 그 어떤 그룹보다 특별한 그룹이었습니다. 함께 공동작업을 하고 함께 놀고 있으면 여러분은 항상 기쁨으로 가득 차 있으면서 기품이 넘치고, 또 친절했습니다. 참 멋진 친구들이라고 생각합니다.

어젯밤 다 같이 모였던 술집에 저는 가지 않았습니다. 사실은 가볼 생각으로 길을 나서긴 했는데, 나무 아래를 지나는 순간 갑자기 뭔가 마음 깊이 느껴지는 게 있었어요. 바람이 여느 때와 달랐지요. 그것이 왠지 모르지만 너무 멋지고 황홀해서 그곳을 차마 떠날 수가 없더라고요. 그러다 결국 술집에 가지 못했던 겁니다.

그런데 그때 나무 밑에서 문득 이런 생각이 들더군요. 여러분 같은 젊은이들이 앞으로 어른이 되면 마침내 사회 전체에 영향력을 발휘할 시기가 올 것이다. 그때가 오면 지금보다 훨씬 더 좋은 사회가 될 수 있지 않을까 생각했습니다.

오늘 아침, 여러분의 스승이신 쓰지 선생님과 앞으로의 인생에 대해 이야기했습니다. 그때 저는 지금까지 인생을 돌아보았습니다. 그런데 제 인생은 태어난 이래 43년간 줄곧 방랑만 했던 것 같더군요.

하지만 그 방랑이야말로 훌륭한 배움의 기회가 되지 않았던가 하는 생각도 듭니다. 가끔은 학교를 떠나 방랑하고, 가족과 친구를 떠나 방랑하고. 물론 정해진 곳에서 공부하는 것도 중요합니다. 하지만 방랑에는 다른 곳엔 없는 마법과도 같은 시간이 있습니다. 그곳에선 기적이 일어납니다.

예를 들어 우리가 경애하는 사티쉬 선생님은 학교에 가고, 직장에 들어가고, 가정을 이루고……, 이런 순탄한 인생을 걸어온 분이 아닙니다. 그의 인생 자체가 그가 말하는 '지구순례' 바로 그것입니다. 그것 역시 하나의 방랑입니다. 그리고 그는 그 안에서 가장 큰 배움을 얻었습니다.

여러분이 사티쉬 선생님을 만난 것은 대학의 프로그램으로 이곳에 온 결과일지 모릅니다. 하지만 그 만남을 통해 여러분은 생각지도 못한 한 가지 중요한 메시지를 받았으리라 생각합니다. '대학이라는 틀을 넘고 특정한 사회라는 울타리를 넘어 인생의 여행을 떠나라, 과감하게 커다란 한 걸음을 내딛어라'

여러분, 다시 한 번 이곳에 와준 것에 감사드립니다. 부디 남은 여행도 즐거운 여행이 되길 바랍니다. 우리 모두는 여러분을 이곳에 맞이할 수 있었던 것을 큰 영광으로 생각합니다."

미리 부탁해둔 그 지역의 버스에 올라타려는 우리를 학생과 교원 그리고 스태프로 구성된 대학공동체 일동이 총출동하여 배웅해주었다. 그리고 두 사람씩 마주보고 서서 손을 마주잡고 만든 인간터널을 우리는 한 사람 한 사람 감격에 겨워 빠져나왔다. 안녕, 슈마허 대학.

이렇게 우리의 슈마허 대학에서의 일주일이 끝났다. 앞으로 우리는 세계문화유산이기도 한 배스(Bath)로 이동하여 하룻밤을 묵고, 스톤서클이 있는 에이브베리, 옥스퍼드, 코츠월즈 등을 돌아 다시 런던에 머물렀다 귀국길에 오른다는 여정을 남겨두고 있었다.

이별의 터널

66

    가끔은 학교를 떠나 방랑하고, 가족과 친구를 떠나 방랑하고. 물론 정해진 곳에서 공부를 하는 것도 중요합니다. 하지만 방랑에는 다른 곳엔 없는 마법과도 같은 시간이 있습니다. 그곳에선 기적이 일어납니다.

99

내 눈에는 학생들의 모습이, 특히 얼굴표정이 이전과는 전혀 달라 보였다. 대학에서의 경험과 사티쉬와 함께 보낸 시간이 그들에게 크나큰 영향을 미쳤다는 확신이 들었다. 여행을 마치고 일본으로 돌아온 뒤 우리는 지난 시간을 회고했다. 그리고 학생들은 서둘러 보고서 작성에 들어갔다.

사티쉬에 대한 인상으로 가장 먼저 어떤 것이 떠오르는가? 라는 질문에는 이런 대답들이 있었다.

"사람을 끌어들이는 특별한 힘이 있다."

"사티쉬는 훌륭한 사람. 하지만 그런 사실을 상대방이 느끼지 않게 하고 자기 자신도 그렇게 생각하지 않는 상냥하고 친절한 사람. 누구와도 동등하게 친구가 될 수 있는 사람."

"금욕적이지 않아서 좋았다."

"채식주의자이지만 먹고 싶은 것을 먹고 즐기는 사람."

"와인도 마시고 간식도 먹는다."

"말끝에 항상 '하하하……'하고 웃었다."

"깊고 반짝이는 눈동자를 가진 사람."

"소년의 마음을 가지고 있어 언제나 가슴이 두근거린다."

"마치 어린 아기처럼 모두에게 사랑받는 사람."

"상대방의 눈을 보고 귀 기울여 이야기를 들어준다."

어떤 학생은 이런 에피소드를 소개하기도 했다.

우연한 기회에 "사티쉬 선생님은 뭐든지 다 알고 계시네요!"라고 말하자 그가 대답했다.

"하지만 역사라든가, 아직 모르는 것도 많다네. 그래서 지금도 공부하고 있는 중이지. 많은 사람들한테 배우려고 노력하고 있다네."

사티쉬에게는 나이가 어떻게 되든 쉬지 않고 배우려는 지적 호기심과 탐구심이 있다. 에덴 프로젝트, 포레스트 가든, 트랜지션 타운 등에서의 수업에서는 학생들과 하나가 되어 눈을 반짝이며 진지한 표정으로 공부하고 질문했던 사티쉬였다.

애프터눈 티(afternoon tea)를 함께했을 때, 당연한 일처럼 학생들 한 명 한 명에게 마음을 써주고 포크와 스푼 등을 챙겨주는 세심한 배려에 감동했다고 추억하는 학생도 있었다.

그리고 역시 그가 이별의 포옹을 하면서 눈물짓던 모습은 모두의 가슴속에 아주 깊은 인상으로 남아있는 모양이었다. 학생들에게 사티쉬는 무엇보다도 마음 따뜻함 그 자체였다.

젊은이들이 얻은 것

보고서에 학생들은 각자가 슈마허 대학에서 얻은 가르침을 한 가지씩 들어가며 서술하고 있었다. 사티쉬의 표현을 빌리면 이것 역시 '전달하는 기술을 연마하는 수련'이다. 그 중에서 몇몇 학생의 보고서를 소개하면서 이 책에서 지금까지 봐왔던 것들을 돌이켜보고자 한다. 그 중에는 지금까지 내가 소개하지 못했던 사티쉬의 말들도 있다.

"하루하루의 식사부터 다시 생각하자."고 쓴 것은 신고였다. 그는 '세계의 다양한 문제들을 해결하는 첫걸음은 당신의 하루 식사에서'

라는 사티쉬의 말에 무엇보다 깊은 감명을 받았다고 한다.

"외식산업이나 가공식품이 번성하는 일본에서는 요리가 다 된 상태로 소비자에게 전해진다. 메뉴 하나하나의 배경을 알고 식사를 하는 사람이 일본에 과연 몇 명이나 있을까? 농약, 화학비료, 화학조미료, 합성첨가물 등 비자연적인 것들이 기겁할 정도로 나돌고 있어도, 사회는 그것을 무언으로 허용하고 있다. 그러면서 한편으로는 알코올로 손을 소독하고 희석시킨 세제로 채소를 살균하는 일에는 온갖 부지런을 떤다. 이런 사회경향을 보면 이상하기 짝이 없다.

우리에게는 선택할 권리가 있다. 나 자신을 직시하고, 사회를 직시하고, 지구를 직시하기. 그리고 무엇보다 행복하기를 원한다면 자신의 식생활을 매 순간 생각해볼 일이다."

'인간의 나쁜 면을 퇴비 삼아 나 자신을 키운다.'는 사티쉬의 말을 돌이켜 보며 글을 쓴 학생은 리에.

"화내는 일은 피곤하다. 누구에게나 짜증나고 화나는 일은 있게 마련. 하지만 막상 화를 터트려 봐도 뒤에는 씁쓸함만 남는다. 후회도 남는다. 주체할 수 없이 허탈해지기도 하고, 또는 더 화가 치밀어 미칠 것 같을 때도 있다. 그러면 마음에 찌꺼기 같은 것이 남아 또 다시 안절부절…… 이 무슨 악순환이란 말인가?"

그런 감정에 대한 대처법을 리에는 사티쉬에게 배웠다.

"샤티쉬는 다음과 같이 말했다. 인간의 마음은 밭과 같다. 거기에 자라는 것은 채소나 꽃만이 아니다. 가시나 독을 가진 것들도 자라게 마련이다. 그때 중요한 것은 가시나 독에 화낼 것이 아니라, 그것을 잘 뽑아서 채소를 위한 비료로 바꾸는 일이다. 분노를 사랑과 자비와 관용을 키우기 위한 비료로 만드는 것. 그리고 그 분노를 개개인뿐만 아니라 나쁜 시스템을 바꾸려고 사용할 수도 있다.

가시나 독에 화를 낸다고 해서 그것들이 사라지는 건 결코 아니다. 화를 낼수록 독은 오히려 더 강해지고 세력을 키우기만 할 뿐이다. 그럴 바에는 차라리 화를 내지 말고 다른 방향으로 상황을 바꿔보면 어떨까? 그러면 밭은 더 비옥해질 것이다. 자신은 더더욱 애정이 넘치고 자비와 관용이 넘치는 사람이 될 수 있다. 또 현재의 나쁜 시스템을 변화시킬 에너지를 얻을 수도 있다.

그렇게 생각하니 기분이 좋아졌다. 분노의 씨앗이 기다려지기까지 한다. 이 느낌을 앞으로 잊지 말아야지. 그럼 내 마음에 있는 밭은 그 누구의 것보다 멋진 밭이 될 테니까!!"

신고와 리에의 글을 보고, 그들이 사티쉬의 메시지를 자신의 것으로 얼마나 잘 흡수하고 잘 소화하고 있는지 충분히 알 수 있었다. 그 두 사람만이 아니다. 다른 학생들 모두가 그랬다.

시간에 지배당하는 인간이 될 것인가?

'대지에 대한 경외심 없이 세상의 평화는 있을 수 없다.'사티쉬의 이 말에 고무되어 글을 쓴 학생은 카요.

"환경은 돈벌이가 안 된다. 환경을 생각하면 무엇이 됐건 시간이 걸리고 비용도 막대해진다. 상품이 금방 상해서 장사가 안 된다. 그야말로 소비자의 건강을 위협하는 게 아니고 무엇인가……"

이런 의견을 상정해두고 그녀는 이렇게 쓰고 있었다.

"자연환경을 고려하면 무슨 일에든 수고와 시간이 드는 건 분명한 사실이다. 기다려야 하는 일도 있고, 규모를 축소할 필요도 있을지 모른다. 하지만 그런 생활 속에 인간 행복의 근원이 있는 건 아닐까? 기계보다 손과 발을 사용하는 '수고'를 더하면 오히려 창조성이 발휘되는 기쁨을 얻을 수 있다는 것을 나는 슈마허 대학에서의 경험으로 실감했다.

대지를 사랑하고, 사람들이 결과가 아닌 과정에 눈을 돌리고, 자연과 친해지려고 필요한 시간과 수고를 아끼지 않는 생활을 진심으로 즐거워하는 마음. 이제는 잊혀지기 일보직전인 고대로부터 전해오는 감각이 사람들 마음속에 다시 한 번 뿌리를 내리고 자라게 될 때, 거기에는 또 하나의 새롭고 막연히 그리운 행복이 기다리고 있지 않을까?"

시간에 대해 마시 학생은 사티쉬의 어머니가 하신 말씀인 '신은 시간을 듬뿍 만들어주셨다'는 말에 신기한 감동을 받았다고 한다.

"왜냐하면 오늘날 사회나 우리 생활은 모두 24시간, 365일, 1년이라는 시간 구분 속에 있기 때문이다. '아침에는 몇 시 몇 분 전철을 타고 몇 시에 목적지에 도착'과 같은 일과가 거의 매일 반복된다. 우리의 인생은 시간에 지배당하고 있다고 해도 과언은 아니다.

나 역시 시간이 부족하다는 느낌에 물들어 있다. 언제까지 이것을 하지 않으면 안 된다는 긴박감이 나를 옭아맨다. 지금 대학과 사회가

'취직빙하기'라며 신음하고 있다. 그리고 자주 듣는 소리가 '하루빨리 취직이 돼야 ……' '취직도 못한 채 졸업하면 어쩌지?' 하는 한숨 섞인 말들이다.

하지만 그리 서두를 필요가 무엇인가?

'시간은 얼마든지 있다. 스스로 납득할 수 있고 하고 싶은 일을 찾을 때까지 시간을 가지고 찾아보자'는 생각은 어쩌면 이상하게 들릴지 모른다. 내가 사람들에게서 항상 느끼는 것은 '초조함'이다. 그리고 이 '초조함'은 시간에 지배되어 지금 이것을 하지 않으면 안 되는데……, 언제까지 해야 하는데…… 하는 생각에 쫓긴 결과라고 생각한다."

지구를 축복하는 방법

생명에 대해 깊게 고찰했음을 알 수 있는 카에의 글 제목은 '지구를 축복하다'이다.

"지구에 내려온 나의 생명은 누구에게 배운 것도 아닌데 숨 쉬는 방법을 알고 있다. 태어나 첫 숨을 쉬고 응애 하고 첫울음을 터트린 이래 평생을 호흡과 함께 살아간다. 생명은 호흡으로 시작해서 호흡으로 끝나는 것.

사티쉬 선생님은 슈마허 대학의 아침을 명상으로 맞는다. 오늘 자신의 호흡을 의식하면 편안한 마음으로 하루를 시작할 수 있다. 호흡에 집중하고 있으면 'unity of all life(우리는 하나의 생명)'이라는 감각으로 사티쉬 선생님이 우리를 안내해준다. 나는 혼자 있지만 혼자가 아니다. 모든 생명과 생명의 호흡을 나누고, 나무들의 호흡이 만들어내는 공기로 생명을 이어가고 있음을 깨닫는다.

스트레스 사회라 일컬어지는 현대인의 호흡은 어떤가? 안간힘을 쓰고 살다보면 몸과 마음은 긴장되고 호흡은 무의식중에 얕아진다. 그럼 혈류는 나빠지고 몸이 뻐근해진다. 그럴 때는 크게 숨을 내쉬며 긴장을 푼다. 뜨거운 차를 마시고 깊은 숨을 내쉰다. 가능한 한 사람이 적고 사물이 적고 확 트이고 공기가 맛있는 곳에서 심호흡을 한다. 자연 속에 가면 자연스럽게 깊은 호흡을 할 수 있다.

당연하다는 듯 늘 내 곁에 있는 '호흡'이라는 파트너는 평생 반려자다. 오래오래 살 수 있기를…… 오늘의 호흡에 감사하고 호흡을 함께하는 생명의 동지에게 감사한다. 그리고 감사할 줄 아는 이 행복을 가르쳐준 사티쉬 선생님께 감사를……"

타카는 '행위의 결과가 아니라 행위의 과정 그 자체에 주목하자' 던 사티쉬의 말에 대해 글을 썼다. 타카는 대학생활 초기에는 관심 있는 분야가 아니었는데도 비교적 학점을 취득하기 쉬운 과목을 이수했다고 한다. 과정이 아니라 결과에만 중점을 두었던 셈이다. 어쩌면 그것이 일반적인 대학생의 태도일지 모른다.

그렇게 해서 학점은 쉽게 취득했지만 자기 안에는 아무것도 남지 않았고 무의미했다고 그는 말한다. 단지 출석 때문에 수업에 참가했고 의욕도 없이 시간만 죽이고 왔다고. 그런데 그의 생활이 조금씩 달라졌다. 자신의 변화를 깨달은 순간, 사티쉬의 말이 번쩍 떠올랐던 게 아닐까.

"관심 있는 수업을 들으면 정말 즐겁고 더 배우고 싶고 더 공부하고 싶다는 생각이 절로 든다. 그와 관련된 책을 사서 읽게 되고 수업이 기다려진다. 학점을 따고 싶은 마음도 있긴 했지만, 그보다 더 많은 것을 배우고 싶다는 마음이 훨씬 더 강했다."

영국 여행에서 돌아온 해 가을, 타카는 연구회에서 실시하는 농사 활동에서 기계를 사용하지 않는 전통적인 탈곡을 체험했다.

"탈곡은 시간이 많이 걸리는 정말 힘든 작업이었다. 쌀을 생산하기까지 이토록 많은 수고가 드는구나, 새삼 통감했다. 이번 경험으로 음식에 대한 고마움을 지금까지 단순한 소비자보다 몇 백 배 더 느낄 수 있었다.

음식물을 함부로 버리는 행동은 정말 용서받을 수 없는 짓이라는 걸 새삼 느꼈다. 이번 경험을 통해 일상 속의 음식물에 대해 좀 더 알고 싶어졌다.

어느 한 행위를 통해 많은 것을 배울 수 있고, 그 행위를 소중히 여겨 지금까지 결과만을 중시해왔던 나 자신을 극복하고 더 나은 인간으로 성장할 수 있으리라 생각한다."

상상 그 이상의 일주일

미호는 슈마허 대학에서의 일주일을 돌아보며 "참 많은 것이 상상을 초월했다."고 말한다.

"강의 내용은 말할 것도 없고 학교 그 자체의 색다른 존재방식, 명상으로 시작하는 하루, 식사, 주위환경에 이르기까지 모든 점에서 배울 것이 많았다. 그 중에서도 가장 큰 배움이 되었던 것은 '관계'에 대해서다. 내가 '관계' 속에 살아가는 존재라는 사실을 강의 등을 통해 이론적으로 배웠을 뿐 아니라 자연 속을 거닐면서 온 몸으로 느낄 수 있었다. 더불어 사람과의, 또 자연과의 관계 속에서 나는 어떻게 살아야 할 것인가도 생각하게 되었다."

카요는 또 다른 기회에 이번 여행을 이렇게 이야기했다.

"이번 여행에서 '이런 게 있을 수 있구나! 아니, 이런 걸 두고 최고라고 하는구나!' 자신 있게 말할 수 있는 것들을 끊임없이 발견했다. 그야말로 경이로운 경험이었다. 반면 지금까지 나는 이런 만남과 느낌을 스스로도 인식하지 못한 채 하염없이 추구해오고 기다려왔구나! 새삼 깨닫기도 했다.

슈마허 대학에서 몸도 마음도 나날이 건강해졌다.

무엇보다 먼저 사티쉬. 내가 생각할 수 있는 최고의 인물이며 평생의 스승. 그는 그저 사람과 이야기를 나누는 것만으로도 세계를 구하는데 한 몫 할 수 있는 사람이다. 그렇게 생각하지 않을 수 없게 만드는 사람. 무슨 일이 있든 사티쉬라는 원점으로 돌아오기만 하면 된다는 확신을 갖게 되었다. 그것이 쓰지 선생님한테 받은 최고의 선물.

그리고 슈마허 대학. 학생과 교사진의 생기 넘치는 생활과 대학의 분위기가 '배움'이라는 것의 본질을 가르쳐주었다. 사람은 자신이 직접 경험한 것, 눈으로 보고 손으로 만진 것에서 진실로 자신이 원하는 것을 찾아낼 수 있다. 이번 여행을 통해 나 자신의 구름 낀 흐린 상황이 활짝 개었다. 지금 하고 싶은 일이 너무너무 많다! 교육이란 역시 이런 게 아니겠는가!"

학생들이 이 정도까지 생각하고 있을 줄은 꿈에도 몰랐다. 그래서 또 학생들에게 고마울 따름이다. 틀림없이 사티쉬도 나와 같은 마음일 것이다. 안 그래도 사티쉬는 마지막 토론에서도 작별인사에서도 '감사'라는 말을 여러 차례 했다. 그 마음을 나 역시 알 것 같았다.

젊은이들의 인생에 있어 중요한 한 굽이, 범상치 않은 변화의 기회가 되다니 이 얼마나 고마운 일인가!

달라지기 시작한 인생

일본으로 돌아온 후 연구회 학생들의 인생은 확연히 달라지기 시작했다. 슈마허 대학에서의 채식주의 식생활로 체질이 달라졌다는 학생은, '고기를 안 먹어도 될 것 같다'고 짐짓 자랑스럽게 말하면서 일본에서도 음식에 대해 생각할 기회가 많아졌다고 했다. 그는 '좋은 음식을 적게 먹는 식생활 습관을 기르고 싶다'고 말한다.

다른 학생은 고기의 섭취량을 줄이고 유기농 식품을 골라 먹는 등, 생활 속에서 항상 환경에 부담이 되지 않도록 마음을 쓰게 되었다고 했다.

그 밖에도 일상생활에서 녹색을 자주 접하려고 노력하게 되었다는 학생, 유행하는 옷과 인스턴트식품, 속물적인 풍경, 전기제품 등에 흥미가 없어졌다는 학생도 있다. 혹은 필요 이상의 물건을 소유하지 않게 되어 집이 말끔해졌다느니, 길가에 핀 들꽃과 초목에 저절로 눈이 가게 되었다느니, 정처 없이 걷는 게 좋아졌다느니…… 저마다 조금씩은 다르지만 모두 사티쉬와의 시간에 많은 영향을 받았다.

연구회에서 '파티의 힘'이 강해진 것도 여행 이후 달라진 모습 중 하나다. 이 '파티의 힘'이란 연구회의 목표로 내가 제시한 말인데, '다 같이 좋은 시간을 보내는 능력'을 뜻한다. 둘 이상의 사람이 함께할 때 언제 어디서든 그 순간을 의미 있게 함께 지내는 것을 현대인들은 갈수록 못하게 되는 게 아닌가 항상 걱정해왔는데, 슈마허 대학에서 사티쉬와 함께 지내면서 우리의 '파티의 힘'은 눈에 띄게 향상되었다.

귀국 후 연구회 학생들이 기획한 할로윈 파티나 촛불 파티, 크리스마스 파티 등은 예년과는 비교도 할 수 없이 충실하고 유쾌한 것이었다. 연구회 학생 중 몇 명은 헌옷교환을 중심으로 하는 X'Change라는 모임을 대학 안팎에서 실천했다. 거기에도 공유와 물건을 낭비하지 않는다는 사티쉬의 가르침이 반영되었다. 그리고 가장 큰 변화는 역시 정신적인 변화다. 어떤 학생은 말했다.

"사티쉬 선생님이 토론에서 말씀해주신 정원사 이야기와 선물에 대한 사고방식이 많은 도움이 되었습니다. 덕분에 사람들에게 관용적인 사람이 된 것 같아요. 누군가를 부정한다는 게 얼마나 힘든 일이고 제 마음을 좀먹는 일이라는 걸 깨달았습니다."

자연에 조금 더 가까이 다가가고 싶다, 등산에 도전하고 싶다는 학생도 있었다. 이런 말도 끊이지 않았다.

"있는 그대로의 내가 좋다."

"온몸에서 의욕이 솟는 것 같은 느낌."

"무엇이든 할 수 있을 것 같다."

이런 자신감, 자신에 대한 신뢰야말로 사티쉬가 무엇보다 우리에게 전하고 싶은 메시지였으리라.

그리고 적잖은 학생들이 '이대로는 안 된다'는 생각을 하게 된 것도 사실이다. 실제로 영국에 함께 갔던 멤버 중에 그 후 대학을 그만두거나 휴학한 학생이 속출했다.

"내가 정말 하고 싶은 것을 하고 싶다. 그럭저럭 학점만 따서 남들 하는 대로 취직하는 것이 대수는 아니다."

그들은 하나같이 이렇게 말했다. 사티쉬와의 만남으로 자신에게 솔직해야 한다는 것을 깨닫게 된 것이다.

그 중 한 학생은 뉴질랜드에서 유기농장을 전전하며 사티쉬처럼 무전여행을 감행했다. 또 한 학생은 역시 오스트레일리아나 인도를 방랑하면서 요가를 배웠다. 자연의 아름다움으로 유명한 오스트레일리아의 타스마니아 섬으로 건너가 영어와 에콜로지를 배운 학생도 있다. 그렇게 하여 학교에서는 배울 수 없는 것을 배워 사티쉬의 말처럼 사람들의 행복을 위한 아티스트가 되겠다는 꿈을 펼치고자 했다.

학교를 그만 둔 한 학생은 지금 오키나와에 살고 있다. 말과 소통하여 몸과 마음을 치유하는 호스 테라피(Horse therapy)를 배운다고 했다. 또 다른 학생은 2011년의 동일본대지진 때 본가가 피해를 입은 것을 계기로 대학 밖에서의 배움과 자립을 위한 길을 선택해 지금은 도

쿄에 있는 공정무역 카페(발전도상국과의 경제격차와 관계없이 공정한 무역으로 수입된 음료나 식품을 제공하는 카페)의 중심인물로 활약하고 있다.

대학의 연구회 프로그램으로 실시한 해외실습 때문에 대학을 떠나게 되다니, 말도 안 되는 결과가 아니냐고 비난하는 사람이 있을지도 모른다. 하지만 그게 어쨌다는 말인가? 나는 오히려 그들의 선택을 존중하고 진심으로 축복하고 싶다.

에필로그 나는 변할 수 있다

슈마허 대학에서의 생활 이후 반년 뒤인 2011년 3월 11일, 일본은 대
지진에 휩쓸렸다. 나는 그날을 경계로 새로운 시대가 시작되었다고
생각한다. 이름 하여 '3·11 이후 시대'의 주인공은 젊은이들이다. 그
렇다, 나와 여행을 함께했던 학생들과 같은 또래의 젊은이들.

지금 생각하면 그들에게 사티쉬와 함께 보낸 일주일은 새로운 시대
를 향한 마음의 준비체조였다. 3·11 직후 그들 중 몇 명은 막막한 심정
을 끌어안고 동북부의 피해지로 떠나 자원봉사자로 일하기 시작했
다. 몇 명인가는 후쿠시마 원전사고에 대한 정보를 수집하고 탈원전
운동을 시작했다.

한편 사티쉬 역시 그 뒤로 일본 생각이 항상 머리 한 귀퉁이에서 떠
날 줄 몰랐다고 한다. '3·11 이후 시대'를 위한 대전환이 필요한 것은
유독 일본만이 아니다. 갈수록 위기의 양상을 띠고 있는 현대를 사는
전 세계가 대전환을 필요로 하고 있다고 그는 생각했다. 그리고 일본
이 앞장서는 역할을 기대하고 있었다. 그런 사티쉬를 나와 동료들은

대지진이 지나고 2012년 2월에 마침내 일본에 초대했다.

수많은 사람들에게 깊은 감동을 주었던 당시 사티쉬의 일본 방문에 대한 구체적인 서술은 피하기로 하자. 다만 그 시기에 사티쉬를 일본에 초빙한 이유 중 하나가 슈마허 대학에서 실습에 참가했던 학생들과 사티쉬와의 재회였다는 것만 말해두고자 한다.

2월 말, 일본을 떠나기 며칠 전 사티쉬는 내가 근무하는 메이지학원대학이 있는 요코하마 토츠카의 젠료지라는 절을 방문했다. 그리고 신축한 '몬시도'라는 이름의 사찰에서 학생들을 위한 '졸업식'을 거행해주었다. 그 중 13명은 3월에 진짜 졸업식을 앞두고 있었다. 하지만 휴학으로 졸업까지 아직 기간이 남은 학생들과 이미 자퇴한 학생들도 참석해 다같이 '사티쉬 학교'의 졸업식을 치렀다.

주지스님의 독경에 이어 사티쉬가 축사를 해주었다. 그리고 나와 사티쉬가 한 사람 한 사람에게 장미꽃과 '졸업증서'를 대신한 카드를 전달했다. 눈물짓는 학생들을 보며 나도 덩달아 울고 말았다. 기쁨의 눈물이란 바로 이런 것이다!

영국 슈마허 대학에서의 교외실습만큼 '변화의 여행'을 실감한 경험은 또 없었다. 학생들은 사티쉬와 함께 보낸 일주일을 계기로 밝게 변했다. 사고방식이 변하고 덕분에 삶의 방식이 달라졌다. 이렇게 말하고 있는 나 역시 그렇다.

물론 변한다는 건 결코 쉬운 일이 아니다. 사람에겐 저마다 친숙한 방식이라는 것이 있고, 거기에서 한 발짝 벗어나기 위해서는 용기가 필요하다.

사티쉬는 사람들에게 그 용기를 줄 수 있는 사람이다. 아니, 그 용기를 밖에서 찾는 것이 아니라 그 사람이 자기 내면에서 발견하도록 돕는다. '나는 변할 수 없다'고 지레 단념하고 무력해지는 것은 자신을 신뢰하지 못하기 때문이다. 반대로 '나는 변할 수 있다'는 희망, 세계를 보다 좋게 바꿀 수 있다는 희망은 자신에 대한 신뢰와 자신감에서 나온다. 신뢰와 용기는 같은 것을 의미한다.

사티쉬는 '변화'라는 말의 의미를 설명하기 위해 곧잘 'Be the change'라는 표현을 쓴다. 인도 독립의 아버지 마하트마 간디의 말이다. 말 그대로 번역하면 '변화가 되라!'이다.

이 짧은 표현은 원래 좀 더 긴 문장의 일부였다. 그 원문은 "Be the change that you want to see in the world." 즉, "세상에 변화를 가져오고 싶다면 당신 스스로 그 변화가 되라"는 의미다. 절에서의 졸업식 축사에도 이 한 문장이 등장했다.

변화란 보통 자신의 외부세계에서, 또는 자기 내면에서 일어나거나 둘 중 하나라고 생각한다. 즉, 안과 밖을 별개로 보는 것이다.

사회를 개혁하는 경우에도 '자신의 외부에 변화를 만들어낸다'거나 '변화를 가져다주는 사람을 응원한다'는 생각이 보편적이다. 하지만 간디는, 그리고 사티쉬는 '사회가 이렇게 되면 좋겠다고 생각하는 변화, 당신 자신이 그 변화가 되라' 혹은 '당신이 직접 그 변화를 실천하라'고 촉구한다. 거기에서는 자신의 내면과 외부가 하나로 연결되어 있다고 생각한다.

현대사회의 위기는 나날이 깊어지고 있다. 대부분의 사람들은 크나른 변화가 필요하며 그것은 필연이기도 하다고 믿는다. 그러한 지금에 'Be the change'가 드디어 빛을 발한다.

먼저 제기되는 것이 우리의 상상력이다. 이렇게 되면 재밌겠다, 저렇게 되면 기쁘겠다, 이런 세계가 되면 좋을 텐데 라고 상상한다. 그 변화는 기다린다고 해서 오는 것이 아니다. 그러므로 지금 우리가 할 수 있는 가장 손쉽고 가까운 일부터 시작해보자는 것이다. 간디는 말했다. "신변의 사소한 변화도 일으키지 못하는 사람이 과연 정치나 경제의 대개혁을 일으킬 수 있겠는가."

졸업하고 떠나갈 젊은이들을 앞에 두고 사티쉬는 이렇게 말했다. 나 자신은 이 세계의 일부다. 그러므로 나부터 먼저 변해야 한다. 자신의 라이프스타일을 바꿔야 한다. 그러면 상상 그 이상의 새로운 자신을 발견하게 될 것이다. 자신이 변한다는 것은 '변화의 에너지를 온몸으로 발산하는 것'을 뜻한다. 그러므로 그것은 주변사람들에게도 영향을 미치지 않을 수 없다.

"세계가 변한다는 건 바로 그런 것이다"라고 말하며 사티쉬는 이렇게 덧붙이는 것도 잊지 않았다.

"걱정할 필요는 없다. 자연을 소중히 여기고 그 은혜에 감사하면서 가족과 친구와 공동체가 서로 의지하며 돕는 사이클 속에서 안심하며 살아가는 삶. 그런 삶이 즐겁지 않을 리 없다. 그런 방향으로 자신을 바꿔가는 것 역시 대단히 즐거운 일이다."

사티쉬는 영국으로 돌아가고 졸업생들은 새로운 여행에 나섰다. 나 역시 하나의 여행에 종지부를 찍고 새로운 여행의 출발점에 섰다.

그런 이유로 나의 보고도 이쯤에서 끝내야 할 것 같다.

'나의 보고'라고 썼지만 이 책은 슈마허 대학에 함께 갔던 연구회 학생들이 작성한 교외실습보고집 「Welcome to Gaia」를 토대로 한 것이다. 그러므로 이것은 그들과의 공동작업의 성과라 해도 좋다.

함께 여행하고 함께 공부하고 함께 책을 만들어준 18명의 젊은 친구들에게 감사의 말을 전하고 싶다.

이 책을 만들 수 있도록 기획해준 고단샤 생활문화 제3출판부의 마부치 타카시 씨, 그리고 하시모토 무네히로 씨의 열의와 협력이 없었다면 이 책은 세상에 나올 수 없었을 것이다. 깊이 감사드린다.

전체(Whole)적 사고방식과 삶의 방식으로 학생들을 이끌어준 스테판 하딩을 비롯한 슈마허 대학의 교원과 스태프, 그리고 당시 석사과정에 있던 학생 모두에게도 감사드린다. 영국의 한 모퉁이에 있는 작은 학교가 세계를 조금씩, 하지만 분명하게 바꿔가고 있음은 의심의 여지가 없다.

그 밖에도 이 책에 등장해준 포레스트 가든의 마틴 크로포드, 트랜지션 타운의 벤 브랑그윈, 에덴 프로젝트의 팀 슈미트를 비롯해 '또 하나의 세계는 가능하다'는 메시지를 우리에게 몸소 가르쳐준 모든 분들께 깊이 감사드린다. 그리고 우리의 스승 사티쉬 쿠마르, 항상 곁에 있어줘서 감사합니다.

Be the change! ……그렇다, 이 책을 읽어준 당신이 앞으로 다가올 세계를 위한 변화 그 자체가 되기를 희망하면서 이번 여행을 마친다.

작은 만남, 최고의 인생

사티쉬 쿠마르(Satish Kumar), 녹색환경운동가이며 세계평화운동
가로 '무일푼의 세계여행'을 감행하며 핵무기반대운동을 펼쳤던 인도
출신의 교육혁명가. 사티쉬를 수식하는 이 말들이 그의 인생여정을
고스란히 보여주는데, 결국 그는 환경과 세계평화를 지키기 위한 근
본적인 대책방안을 '교육'에서 찾은 듯하다. 요컨대 그가 설립한
두 개의 학교 '작은학교'와 '슈마허 대학'은 E. F. 슈마허가 쓴
『작은 것이 아름답다』의 사상을 계승한 인간규모 원리에 입각한 교
육개혁과 '자연과 일체가 되어 생명가치 구현'을 실천하는 배움의
장소라 할 수 있다. 사티쉬는 이러한 공동체 학교를 통해 자연환경
과 세계평화를 지켜나갈 젊은이를 양성하고 있는 셈이다.

이끌어주소서.
죽음에서 생명으로.
거짓에서 진실로.

절망에서 희망으로.

공포에서 신뢰로.

미움에서 사랑으로.

전쟁에서 평화로.

내가, 세계가, 우주의 만물이 평화로 가득할 수 있도록.

슈마허 대학에 머무를 때면 매일 아침 명상을 한다는 사티쉬는 자연스럽게 동참한 학생들을 위해 잔잔하지만 영혼으로 강하게 파고드는 이와 같은 말들로 명상을 이끈다. 우리는 이 말들에서 사티쉬가 추구하는 진정한 교육과 이상적인 삶의 모습을 충분히 엿볼 수 있다.

이 책을 옮기는 동안 내 머리 속에는 순간순간 느낌표(!)와 물음표(?)가 번갈아가며 떠올랐다. '바로 이거야! 그런데 우리나라 교육은?' '우리 애도 크면 여기로 보내야지! 그때쯤 되면 우리나라에도 이런 학교가 생기지 않을까?' 등등.

실제로 우리나라에서도 2000년대에 들면서 '농어촌 작은 학교 살리기 운동'이 전개되기 시작했고, 사실상 교육개혁의 필요성이 논의되면서 기존의 '대안학교'와는 별도로 공교육 내의 '혁신학교' 정책이 새롭게 추진되었고 현재까지도 그 실효성을 놓고 찬반 의견들이 분분한 실정이다. 부디 지금의 이러한 과정들이 사티쉬가 추구하는 이상적인 교육이념을 구현하려는 시행착오일 수 있기를 바라며 나의 '작은 학교' 이야기를 잠시 적어볼까 한다.

사티쉬의 작은 학교 살리기의 특징 중 하나는 학생 개개인의 자유와 자질을 충분히 살릴 수 있는 인간규모의 원리에 맞고 그 지역의 자연과 특색이 어우러지는 공동체적 배움의 터를 만든다는 것인데, 그에 비해 우리나라의 작은 학교 교육개혁의 현주소는 과연 어떠한지 돌아보지 않을 수 없다.

어린 두 딸을 키우며 도시에 살고 있는 나는, 아쉬운 대로 자연과 소통하며 배우는 학교를 찾다가 도시 외곽에 있는 작은 분교를 알게 되어 2013년 큰애를 입학시켰다. 이곳은 이른바 작은 학교 살리기 운동의 성공적인 일례이자 혁신학교로 지정되어 있는 현 교육개혁의 대표적인 사례 그 자체라 할 수 있다. 8살 딸아이는 열세 명 학생으로 구성된 단 한 학급의 1학년에 다니고 있다. 학생 수가 가장 많은 학년이 21명인 이곳 학교 주변에는 논밭과 작은 도랑이 있어 마음만 먹으면 논둑을 거닐며 자연 속 수업을 얼마든지 할 수 있다. 그야말로 인간규모의 원리실현과 자연과의 일체가 가능한 환경 여건을 그런대로 갖추고 있는 배움의 장이다.

그런데도 어디까지나 공교육 안에 속해있는 혁신학교다보니 그런 환경 여건에 부합하는 교육철학의 수립과 실현이 어려울 뿐 아니라, 학교와 가정과 지역의 공동체적 역할도 전혀 수행하지 못하고 있는 현실이 안타까울 따름이다. 하지만 다른 누가 대신해 주기를 손 놓고 기다려서는 운동장의 돌멩이 하나도 옮겨 놓을 수 없다. 작게는 내 아이의 행복을 위해, 크게는 자연환경과 세계평화를 위해 올바른 교육개혁은 반드시 실현되어야 하고, 그를 위해서는 무엇보다 교사와 학

부모의 용기 있는 변화가 앞서 이루어져야 한다는 생각을 이 책에서 사티쉬와 그의 학교를 만나면서 하게 되었다.

나는 내 아이들이 경제적인 인재로 성공하기보다는 사람을, 자연을, 우주를 한층 풍요롭게 할 수 있는 아름다운 사람이 되기를 바란다. 그러려면 자연과 함께 나누고 사랑하며 축복할 수 있는 배움의 터를 우리 어른들이 만들어주어야 한다고 믿는다. 그런 바람들이 모여 우리나라에서도 일찍이 '대안학교'를 실천하는 이들이 있었고 공교육에서도 여러 시행착오를 거치며 올바른 교육개혁을 위해 노력하고 있다.

그러한 노력에 발맞추어 어른들은 아이의 어린 두뇌와 마음을 어른의 잣대에 맞는 지식과 기술로 일찍부터 꽉꽉 채워버리려 할 것이 아니라, 자연과 우주를 한껏 담아낼 수 있도록 아이들의 몸과 마음의 그릇을 넓고 깊게 비워두어야 할 것이다.

살면서 누구를 만나느냐에 따라 때로는 그의 인생이 180도 달라질 수 있다는 것을 우리는 직간접의 경험을 통해 너무나 잘 알고 있다.

이 책의 저자 쓰지 신이치와 그의 열여덟 명의 제자가 사티쉬와 함께한 일주일을 계기로 삶에 대한 자세와 인생의 진로를 결정하는데 크고 작은 영향을 받았던 것처럼, 이 책과의 '작은 만남'이 독자 여러분의 인생을 '최고의 인생'으로 만들어줄 밑거름이 되기를 희망한다.

김 경 인

옮긴이 김경인

전남 보성의 한 시골마을에서 나고 자랐다. 두 딸의 엄마가 되어서야 비로소 환경과 교육문제에 관심을 두게 되었고 그와 관련된 저서들을 번역하며 '행복하고 안전한 미래'를 위해 작은 힘이나마 보탤 수 있기를 희망하고 있다. 옮긴 책으로는 『슬픈 미나마타』『즐거운 불편』『돼지가 있는 교실』『에콜로지와 평화의 교차점』『엔데의 유언』『주식회사 빈곤대국 아메리카』『삶을 위한 학교』등이 있다

사티쉬 선생, 최고인생을 말하다

쓰지 신이치 지음 | 김경인 옮김

초판 1쇄 찍음 2014년 12월 12일

펴낸이 김영조
펴낸곳 달팽이출판
등록 2002년 2월 28일 제 22-2112호

주소 경기도 파주시 탄현면 사슴벌레로 45 206-205호
전화 031-973-4409 팩스 031-946-8005
이메일 ecohills@hanmail.net
ISBN 978-89-90706-36-2 03830
책값은 뒤표지에 있습니다.